# 青星学園★チームEYE-Sの事件ノート

## ～豪華客船で怪盗ステラと対決!? クロトの恋と幻の名画～

相川 真・作
立樹まや・絵



集英社みらい文庫

## もくじ

contents

KUROTO
SHŌTA
SHINO

character

## おもな登場人物《とうじょうじんぶつ》

**紫《し》乃《の》**

姉妹校《しまいこう》に通《かよ》う、超美少女《ちょうびしょうじょ》。
翔太《しょうた》に片思《かたおも》いしてたけど…？

**翔太《しょうた》（赤月翔太《あかつきしょうた》）**

中学《ちゅうがく》2年生《ねんせい》。才能《さいのう》のある子《こ》ばかりが集《あつ》められたS《エス》クラスの一員《いちいん》。サッカー部《ぶ》のスポーツ特待生《とくたいせい》。

**ゆず（春内《はるうち》ゆず）**

中学《ちゅうがく》2年生《ねんせい》。目立《めだ》たず、平和《へいわ》な中学生活《ちゅうがくせいかつ》を送《おく》るのが目標《もくひょう》。『トクベツな力《ちから》』を持《も》っている？

怪盗《かいとう》ステラ
世界《せかい》を騒《さわ》がせるスゴ腕《うで》の怪盗《かいとう》。
お金《かね》が目的《もくてき》じゃ、ないみたい…？
STELLA
ユキ（相良《さがら》 雪《ゆき》）
季節《きせつ》はずれの転校生《てんこうせい》。
フシギな雰囲気《ふんいき》…!?
YUKI
黒《くろ》のプリンス
KUROTO
レオ（白石玲央《しらいしれお》）
背《せ》がすごく高《たか》くて、女《じょ》子《し》に大人気《だいにんき》。現役《げんえき》モデルで、おしゃれなイタリアのクォーター。
白《しろ》の貴《き》公《こう》子《し》
LEO
孤《こ》高《こう》の天《てん》才《さい》
KIYO
クロト（泉田黒斗《いずみだくろと》）
やわらかい雰囲気《ふんいき》が、王子様《おうじさま》みたい。中学《ちゅうがく》生《せい》だけど、プロの芸術《げいじゅつ》家《か》。専門《せんもん》は西洋画《せいようが》。
キヨ（佐次清正《さじきよまさ》）
将来《しょうらい》は東大合格確実《とうだいごうかくかくじつ》といわれてる。クールで、ほとんど笑《わら》わないキャラ。でも、ゆずにだけは!?

story
## あらすじ

わたし、春内《はるうち》ゆず。
平凡《へいぼん》でフツーを愛《あい》する、中学《ちゅうがく》2年生《ねんせい》。
だけど、平穏《へいおん》に生《い》きていくって、
実《じつ》はむずかしいよね…！

わたしには、『トクベツな力《ちから》』がある。
小学校《しょうがっこう》のときはそのせいで
イジメられてたから、
だれにも知《し》られたくないの。

目立《めだ》ちたくないのに、
女子《じょし》に大人気《だいにんき》の
キラキラ男子《だんし》
4人組《にんぐみ》と
『チームアイズ』を
組《く》むことになって、
わたしは毎日大変《まいにちたいへん》!!

夏休《なつやす》みはS《エス》クラスのみんなと
豪華客船《ごうかきゃくせん》で過《す》ごすことに!?
モネの船上展覧会《せんじょうてんらんかい》が
開《ひら》かれるんだって!
「今度《こんど》は、僕《ぼく》の番《ばん》、
ってことかな」
わわっ!!
クロトくんが
攻《せ》めモードに!?♡
モネの絵《え》をねらう
怪盗《かいとう》ステラもあらわれて――!?
スリル&《アンド》きゅん200%《パーセント》な
クルーズ旅行《りょこう》が始《はじ》まるよ!!
続《つづ》きは、小説《しょうせつ》を読《よ》んでね♪

# 1 豪華客船《ごうかきゃくせん》ヴェガ

ざざぁ……。

波《なみ》の音《おと》が聞《き》こえる。

前髪《まえがみ》がぶわっと吹《ふ》きちらされるみたいな、強《つよ》い風《かぜ》。

見上《みあ》げた空《そら》は青《あお》く高《たか》く、水平線《すいへいせん》のむこうで、夏《なつ》の太陽《たいよう》が波《なみ》をキラキラ反射《はんしゃ》してる。

足《あし》もとはちょっとふわふわふわして、不思議《ふしぎ》な気分《きぶん》。

——ここは、港《みなと》に停泊《ていはく》した豪華客船《ごうかきゃくせん》『ヴェガ』の、甲板《かんぱん》なんだ！

わたし、春内《はるうち》ゆず。青星学園中等部《せいせいがくえんちゅうとうぶ》の二年生《ねんせい》だよ！

私立青星学園《しりつせいせいがくえん》は、芸能人《げいのうじん》やお金持《かねも》ちの子《こ》どもがたくさんかよっているんだ。

ガラス張《ば》りのカフェテリアや、金色《きんいろ》の鐘《かね》のついた教会《きょうかい》なんかがある、すっごくきれいな学校《がっこう》なんだよ。

わたしはここで、平穏《へいおん》で平凡《へいぼん》な生活《せいかつ》をおくる、って決《き》めた。

でもそれって思《おも》ったより、ずっとむずかしいんだ。

……去年《きょねん》出会《であ》った、男《おとこ》の子《こ》たちのせいで。

赤月翔太《あかつきしょうた》くん、白石玲央《しらいしれお》くん、佐次清正《さじきよまさ》くん、泉田黒斗《いずみだくろと》くん。

宝石《ほうせき》みたいに、キラキラかがやくこの人《ひと》たち、ものすっごく目立《めだ》つんだ！

おかげでわたしの学校生活《がっこうせいかつ》は、もう大変《たいへん》なの！


青星学園《せいせいがくえん》は、ちょうど夏休《なつやす》みの真《ま》ん中《なか》ぐらい。

わたしは招待《しょうたい》されて、なんと、この豪華客船《ごうかきゃくせん》にのることになっちゃったんだ。

ここは船《ふね》のなかで、一番広《いちばんひろ》い甲板《かんぱん》、メインデッキなんだけど……。

「……すごいなぁ」

わたしは柵《さく》から、そうっと下《した》を見《み》た。

真《ま》っ白《しろ》でつるつるの壁《かべ》が続《つづ》いていて、窓《まど》がならんでいる。高《たか》さはたぶん、十階建《じゅっかいだ》てのビルぐらい。ずっと下《した》のほうで、砕《くだ》けた波《なみ》が海《うみ》の上《うえ》に白《しろ》い線《せん》を描《えが》いていた。

横《よこ》を見《み》ると、船尾《せんび》（船《ふね》の後《うし》ろのほうだよ）まで、その壁《かべ》がずっと続《つづ》いているんだ。

なんとこの船《ふね》、長《なが》さは三百《びゃく》メートルもあるんだって！

「ゆずさん！」

わたしを呼《よ》ぶ声《こえ》にぱっとふりかえると、紫乃《しの》さんが手《て》をふっていた。

「わあ、紫乃《しの》さん！」

結城紫乃《ゆうきしの》さんは、本物《ほんもの》のお嬢《じょう》さま。おうちは、結城財閥《ゆうきざいばつ》っていうとんでもないお金持《かねも》ちなんだ。星ノ宮女学院《ほしのみやじょがくいん》っていう、お嬢《じょう》さま学校《がっこう》にかよってるんだよ。

そしてわたしの、大切《たいせつ》なお友《とも》だちなの！

真《ま》っ白《しろ》なワンピースのスソをひるがえして、紫乃《しの》さんがかけよってくる。

つやつやの黒髪《くろかみ》をなびかせて、淡《あわ》いピンク色《いろ》のくちびるをほころばせて笑《わら》った。それがお花《はな》が咲《さ》くみたいで、すごくかわいいの。美少女《びしょうじょ》、って言葉《ことば》がぴったりだ。

わたしは紫乃《しの》さんからもらった招待状《しょうたいじょう》を、ポケットから取《と》りだした。

「ご招待《しょうたい》ありがとう、紫乃《しの》さん」

「いいのよ、夏休《なつやす》みにゆずさんと遊《あそ》べてうれしいわ」

この豪華客船《ごうかきゃくせん》、紫乃《しの》さんが招待《しょうたい》してくれたんだよね。そして……。

「この『海上《かいじょう》のモネ』っていう展覧会《てんらんかい》も、すごく楽《たの》しみ！」

西洋《せいよう》の画家《がか》に『クロード・モネ』っていう人《ひと》がいる。美術《びじゅつ》の教科書《きょうかしょ》にのってるよね。たしか百年《ひゃくねん》ぐらい前《まえ》の、フランスの巨匠《きょしょう》（有名《ゆうめい》ですごい芸術家《げいじゅつか》ってこと）なんだ。

そのモネの作品《さくひん》を集《あつ》めて、この豪華客船《ごうかきゃくせん》の上《うえ》で展覧会《てんらんかい》をするんだって。

「うちの財閥《ざいばつ》が、作品《さくひん》を集《あつ》めるのを支援《しえん》したのよ」

そう言《い》った紫乃《しの》さんは、まわりをぐるっと見《み》まわした。

「この船《ふね》はこれから港《みなと》を出発《しゅっぱつ》して、二日間《ふつかかん》、海《うみ》の上《うえ》で過《す》ごすの。明日《あした》の夜《よる》には、展覧会《てんらんかい》のお披露目《ひろめ》パーティをするわ」

それから船《ふね》は一度《いちど》、港《みなと》にもどるんだ。わたしたちはそこでおりちゃうんだけど、ほかの人《ひと》たちは、そのままなんと、世界一周旅行《せかいいっしゅうりょこう》に行《い》くんだって！

「豪華客船《ごうかきゃくせん》で、世界一周《せかいいっしゅう》かあ、いいなあ」

「すごく楽《たの》しいのよ。ショッピングでしょ、コンサートでしょ、十《じゅっ》か所以上《しょいじょう》もレストランがあるから、毎日《まいにち》ちがうところで食事《しょくじ》ができるし、夜《よる》はホールでパーティね！」

わたしは船《ふね》の上《うえ》のコンサートとか、レストランとか、ちっとも想像《そうぞう》できない……。

うーん、この甲板《かんぱん》にだって、大《おお》きなプールがあるんだよ。船《ふね》の上《うえ》なのに!?

……お金持《かねも》ちって、すごいなあ。

でも紫乃《しの》さんは、ちょっとだけ困《こま》った顔《かお》をした。

「それにゆずさんたちが来《き》てくれて助《たす》かったわ。……相談《そうだん》したいこともあったから」

相談《そうだん》したいこと？

そう、思《おも》ったときだった。

ボーッ！

びっくりした、汽笛《きてき》だ！

「出航《しゅっこう》セレモニーが始《はじ》まるわ。あっちに飲《の》み物《もの》をもらいに行《い》きましょう！」

紫乃《しの》さんが走《はし》っていく。

プールサイドで、船員《せんいん》さんたちが、ドリンクを配《くば》ってるのが見《み》えた。

すごい人《ひと》だなあ。外国《がいこく》の人《ひと》もたくさんいる。

人《ひと》ごみがあんまり得意《とくい》じゃないわたしは、はしっこのほうで、ドリンクの列《れつ》にならんだ。

ちょっと悩《なや》んで、冷《ひ》えたレモネードの瓶《びん》をもらったとき。

とんとん、と肩《かた》をたたかれて、ふりかえった。

「——Hey!《ヘイ》 do《ドゥ》 you《ユー》 know《ノウ》 how《ハウ》 to《トゥ》 get《ゲット》 to《トゥ》 the《ザ》 first《ファースト》 class《クラス》 deck?《デック》」

わわ、英語《えいご》!? 金髪《きんぱつ》の、外国人《がいこくじん》のお兄《にい》さんが、ニコニコ笑《わら》っている。

「あ、えっと、わ、ワンモアプリーズ!」

ちょっと待《ま》って、わたし、英語《えいご》の成績《せいせき》って、あんまりよくないんだって!

すごくあせって、あわあわしていると。

とん、とわたしの肩《かた》に、大《おお》きな手《て》がのった。

「Yes!《イエス》 You《ユー》 can《キャン》 go《ゴー》 there《ゼア》 through《スルー》 that《ザット》 door.《ドーア》」

すごくきれいな発音《はつおん》で言《い》ったその人《ひと》を見《み》て、わたしはほっと顔《かお》をほころばせた。

「レオくん!」

「上《うえ》にある、屋上甲板《おくじょうかんぱん》に行《い》きたいんだって。あっちのドアから行《い》けるって伝《つた》えておいたよ」

そう言《い》って、白石玲央《しらいしれお》くんはにこっと笑《わら》った。

——青星学園中等部《せいせいがくえんちゅうとうぶ》には、特別《スペシャル》クラス、通称《つうしょう》S《エス》クラスっていうのがある。

去年《きょねん》の春《はる》に新《あたら》しくできたんだ。なにかひとつ、得意《とくい》なものに秀《ひい》でた人《ひと》たちが集《あつ》められているんだよ。

レオくんは、その二年《ねん》S《エス》クラスに所属《しょぞく》する男《おとこ》の子《こ》なんだ。

夏《なつ》らしく、真《ま》っ白《しろ》なパーカーとクロップド丈《たけ》のズボン。首《くび》もとにはいつものアクセサリーがきらりと光《ひか》っている。

【白《しろ》の貴公子《きこうし》】って呼《よ》ばれてて、女《おんな》の子《こ》にすごく人気《にんき》があるんだ。

だれかが、きゃあっと小《ちい》さな歓声《かんせい》をあげたのが聞《き》こえた。

「あれ、レオじゃない⁉」

「うん、本物《ほんもの》だよね！」

そしてなんと、レオくんは芸能人《げいのうじん》で、本物《ほんもの》のモデルさん。

お洋服《ようふく》も大好《だいす》きで、将来《しょうらい》はデザイナーを目指《めざ》している。いろんなところでお仕事《しごと》をしているし、おじいさんがイタリアの人《ひと》ってこともあって、外国語《がいこくご》が得意《とくい》なの。

さっきの外国人《がいこくじん》のお兄《にい》さんと、英語《えいご》でなにか話《はな》していたレオくんが、こっちをむいた。

あれ、なんだか、ムスっとしてるような……。

「……そっちの子《こ》も、いっしょに遊《あそ》ばないかってさ」

そっちの子《こ》、って、わたし⁉

「遊《あそ》ぶわけないよな。ちゃんと断《ことわ》っといたから」

ふてくされたみたいに肩《かた》をすくめて、ちらっとこっちを見《み》る。

「ゆずは、おれと遊《あそ》ぶんだもんな」

ふいに見《み》せられたその笑顔《えがお》に、ドキッと胸《むね》が高《たか》なった。

レオくんは、不思議《ふしぎ》な目《め》の色《いろ》をしてる。青《あお》と緑《みどり》の中間《ちゅうかん》ぐらい、ちょうどここから見《み》える海《うみ》の色《いろ》にそっくりなの。

その色《いろ》は、すいこまれそうなぐらいきれいで……。

「──おれたち、だろ」

冷静《れいせい》なその声《こえ》に、わたしははっとわれにかえった。

あ、あぶない。見《み》とれちゃうところだった。

「ぬけがけするな、レオ」

ひやり、とした声《こえ》の主《ぬし》は、佐次清正《さじきよまさ》くんだ。

キヨくんは天才少年《てんさいしょうねん》。模試《もし》で何度《なんど》も一位《い》を取《と》ったことがあるんだよ。

【孤高《ここう》の天才《てんさい》】って呼《よ》ばれていて、いつだってクールで、冷静《れいせい》。笑《わら》ったところを、ほとんど見《み》せたことがないんだって。

キヨくんと、ぱち、と目《め》が合《あ》った。とたんに、ふい、とそらされてしまう。

ちょっと、気《き》まずいかも……。

わたしとキヨくんは、最近《さいきん》、かなりギクシャクしている。

……実《じつ》は夏休《なつやす》みの前《まえ》に、キヨくんに告白《こくはく》されたんだ。

すごくうれしかったけど……わたしはその告白《こくはく》を、断《ことわ》った。

キヨくんのことは、仲間《なかま》として大切《たいせつ》だし、大好《だいす》きだ。

でもこの気持《きも》ちはたぶん、まだ恋《こい》じゃないんだって、そう思《おも》ったから。

それから夏休《なつやす》みに入《はい》って、時々《ときどき》顔《かお》を合《あ》わせることがあったんだけど、キヨくんとは、ずっとこんな感《かん》じ。

あんまり目《め》が合《あ》わないし、さけられてるのかも……。

しゅん、と肩《かた》を落《お》としていると、ふっと顔《かお》にかげが落《お》ちた。

キヨくんが、いつのまにかわたしの前《まえ》で、なにかを差《さ》しだしている。

「もらってきた。好《す》きだろ、ゆず」

わ、イチゴ味《あじ》のドーナツだ！

「いいの？　あの、ありがとう！」

両手《りょうて》で受《う》けとると、キヨくんが、ほっとしたような顔《かお》をした。

でもすぐにまた、ぱっと視線《しせん》をそらしてしまうんだ。

うう……気《き》まずいなあ。

そのときだ。ぱたぱたと、男《おとこ》の子《こ》がかけよってきた。

「みんな、ここにいたんだね」

泉田黒斗《いずみだくろと》くんだ。

S《エス》クラスの男《おとこ》の子《こ》で【黒《くろ》のプリンス】って呼《よ》ばれてる。

やわらかい笑顔《えがお》も、ふわっとした雰囲気《ふんいき》も、王子様《おうじさま》みたい！

クロトくんは芸術家《げいじゅつか》。西洋画《せいようが》が専門《せんもん》で、中学生《ちゅうがくせい》なのにコンクールで、何回《なんかい》も優勝《ゆうしょう》してるんだ。

個展《こてん》だって開《ひら》いたことがあるんだよ！

クロトくんの絵《え》ってすごいんだよ。

じっとながめているだけで……心《こころ》をうばわれるような、そんな絵《え》なんだ。

レオくんがあきれたように言《い》った。

「どこ行《い》ってたんだよ、クロト。乗船《じょうせん》してから、すぐどっか行《い》っただろ」

「ちょっと用事《ようじ》があって。それに、うれしくて船《ふね》のなかを見《み》てまわってたんだ」

クロトくんがこらえきれないって感《かん》じで、ぱあっと笑顔《えがお》になった。

「本当《ほんとう》に今日《きょう》が楽《たの》しみだったんだ。『海上《かいじょう》のモネ』！」

クロトくんは、モネが好《す》きみたい。これまでも、たくさん話題《わだい》にしてたもんね。

「見《み》てよ！」

クロトくんが、両手《りょうて》に持《も》ったそれを、びしっとかかげた。

「メインデッキで買《か》えるスイーツも、どれもモネをイメージしてるんだよ！」

右手《みぎて》には、淡《あわ》いオレンジ色《いろ》のクレープ。左手《ひだりて》には、クリームがもりもりのドリンクだ。

……クロトくんって、スイーツが大好《だいす》きなんだよね。

先輩《せんぱい》たちに人気《にんき》があるクロトくんは、よく期間限定《きかんげんてい》のお菓子《かし》をもらってるんだ。

「クレープは『日《ひ》の出《で》』モチーフだね。ドリンクはモネの代名詞《だいめいし》『睡蓮《すいれん》』だよ」

ドリンクはさわやかな青色《あおいろ》をしてる。ぱちぱち炭酸《たんさん》っぽいから、ソーダかなあ。たっぷりの氷《こおり》の上《うえ》に、クリームと、お砂糖《さとう》でできた睡蓮《すいれん》のお花《はな》が飾《かざ》ってあるんだ。

「『睡蓮《すいれん》』なら、わたしも知《し》ってる！」

モネの代表作《だいひょうさく》で、水《みず》のお庭《にわ》に咲《さ》く、睡蓮《すいれん》を描《えが》いた絵《え》だったはず。

「たしかにこのドリンク、『睡蓮《すいれん》』っぽいかも。すごくおいしそうだね」

そう言《い》ったわたしに、クロトくんはつい、と目《め》を細《ほそ》めた。

……あれ？

クロトくんは、いつも笑顔《えがお》だけど。今日《きょう》は、雰囲気《ふんいき》がちがうような気《き》がする。

「じゃあ、一口《ひとくち》あげる」

スプーンでクリームをたっぷりすくって、はいっと差《さ》しだしてくれた。

「おいしいよ、これ」

「むぐっ！」

わたしの口《くち》に、スプーンをつっこむ。

あ、ホントだ。甘《あま》くておいしい。

レモンっぽいさわやかさもあって、ソーダのすっきりした味《あじ》とぴったり……って。

それどころじゃないんですけど！

「ふほほふん!?」

クリームが口《くち》にあるから、ぜんぜんしゃべれない！

けど、これって、あの、その……いわゆる、「あーん」ってやつだ！

「そっかそっか、おいしいよね、もっとほしい？」

ニコニコ笑《わら》うクロトくんに、わたしはぶんぶんと首《くび》を横《よこ》にふった。

ちがう！　は、はずかしいんだってば！

見《み》かねたレオくんが、ずいっとわたしとクロトくんのあいだに、わりこんでくれた。

「ホント、油断《ゆだん》もスキもないな……」

キヨくんも、じーっとクロトくんを見《み》てる……っていうか、にらんでる？

でもクロトくんは、ニコニコ笑《わら》ったまま。

「ぼくは、ゆずちゃんにおいしいもの食《た》べてほしかっただけだよ。ああ、でも——」

ふいに、瞳《ひとみ》の奥《おく》にちらりと揺《ゆ》れたそれを、わたしは知《し》ってる。

クロトくんが本気《ほんき》のときに見《み》せる、情熱《じょうねつ》の炎《ほのお》……。

「——今度《こんど》は、ぼくの番《ばん》、ってことかな」

その瞳《ひとみ》がじっとわたしをとらえているような気《き》がして。

なんだか、ドキって、胸《むね》が高《たか》なったんだ。

ぼくの番《ばん》って、どういうこと？

ふりかえると、レオくんとキヨくんが、ぎゅっとまゆを寄《よ》せていた。

ふたりは、意味《いみ》がわかってるみたい……だよね？

レオくんが、小《ちい》さくため息《いき》をついた。

「ゆずにふられて、気《き》まずがってる場合《ばあい》じゃないぞ、キヨ」

「…………うるさい。そういうんじゃない」

氷《こおり》のようなキヨくんの声《こえ》に、ひょいっと肩《かた》をすくめて。

そうしてレオくんは言《い》った。その不思議《ふしぎ》な色《いろ》の瞳《ひとみ》で、じっとクロトくんを見《み》つめながら。

「さっさと調子《ちょうし》もどさないと――横《よこ》から、かっさらわれるかもしれないぞ」

なんだかレオくん、キヨくん、クロトくんのあいだで、バチバチって火花《ひばな》が散《ち》ってる気《き》がするんだけど⁉

わたしだけがあわあわしていると、後《うし》ろから、ぐいっと腕《うで》をひかれた。

「ちょっと、ゆずさん、どういうことなの⁉」

「えっ⁉」

紫乃《しの》さんだ、いつのまに後《うし》ろにいたの⁉

「聞《き》こえたわよ、ふられたってどういうこと？　佐次《さじ》くんよね？　告白《こくはく》されたの？　どうして
まっさきに、わたしに教《おし》えてくれなかったの⁉」

その白《しろ》い頬《ほお》をぷくっとふくらませている。もしかしておこってる？

「どうして……こんな――楽《たの》しそうなこと！」

ぱあっと、紫乃《しの》さんの顔《かお》が輝《かがや》いた。

あ、おこってるんじゃなくて喜《よろこ》んでるのか。

紫乃《しの》さんは、恋愛《れんあい》の話《はなし》が大好《だいす》きだもんね。

そっか、キヨくんとのこと、まだ話《はな》してなかったんだっけ。

「えっと……」


ボーッ！


そのとき、大《おお》きな汽笛《きてき》とともに、わあっと歓声《かんせい》があがった。

「これより、出航《しゅっこう》セレモニーを行《おこな》います。スクリーン下《した》、ステージにご注目《ちゅうもく》ください」

みんなが、いっせいにステージに注目《ちゅうもく》した。

今《いま》、わたしたちがいるメインデッキは、高層《こうそう》ビルでいうと、上《うえ》から三分《ぶん》の一ぐらいのところにある。

大《おお》きなプールの上《うえ》に、映画館《えいがかん》のスクリーンみたいなモニターが、どんと設置《せっち》されていて、その下《した》に、ステージが用意《ようい》されていた。

さんさんと降《ふ》りそそぐ、真夏《まなつ》の太陽《たいよう》が、ステージライトがわり！

ぱあっと照《て》らされたそこに、トランペットやヴァイオリン、ギターを持《も》った人《ひと》たちが飛《と》びだして来《き》て、陽気《ようき》に音楽《おんがく》を奏《かな》ではじめたんだ。

音楽《おんがく》は、軽快《けいかい》なロック！　ステージの真《ま》ん中《なか》に、ダンサーたちが走《はし》りこんできた！

真《ま》っ黒《くろ》なスーツに、赤《あか》い靴《くつ》、みんな帽子《ぼうし》をかぶってる。

音楽《おんがく》に合《あ》わせて、飛《と》びはねるように踊《おど》りはじめた。

わあ、あの真《ま》ん中《なか》の人《ひと》、すごいよ！

ダンってステージの床《ゆか》を蹴《け》って、宙返《ちゅうがえ》りした！

「わっ、バク宙《ちゅう》だ！」

「カッコいい、すごいね！」

わあって、みんなが盛《も》りあがるなか。

その人《ひと》が、ぱっと、真《ま》っ黒《くろ》な帽子《ぼうし》を脱《ぬ》いだ！

短《みじか》い黒髪《くろかみ》に、全力《ぜんりょく》の笑顔《えがお》、ニって強気《つよき》に笑《わら》ったその人《ひと》は、わたしたちの、よく知《し》ってる人《ひと》だったんだ！

「翔太《しょうた》くん!?」

わたしは思《おも》わず叫《さけ》んだ。キヨくんが、横《よこ》で目《め》を見開《みひら》いてる。

「なにやってんだ、あいつ」

なんで翔太《しょうた》くんが、ステージで踊《おど》ってるの⁉

赤月翔太《あかつきしょうた》くん。

二年生《ねんせい》S《エス》クラスに所属《しょぞく》する、スポーツ特待生《とくたいせい》。運動神経抜群《うんどうしんけいばつぐん》で、サッカーが大得意《だいとくい》なの。去年《きょねん》、一年生《ねんせい》なのにサッカー部《ぶ》でレギュラーを獲得《かくとく》したんだ。

うちのサッカー部《ぶ》、強豪《きょうごう》なのにすごいよね。

足《あし》がすごく速《はや》くて、赤《あか》いユニフォームを着《き》て走《はし》ると、まるで弾丸《だんがん》みたいに見《み》えるんだ。だから【赤《あか》い弾丸《だんがん》】って呼《よ》ばれてる。

翔太《しょうた》くんは、片手《かたて》で帽子《ぼうし》を持《も》ったまま、ダンっと床《ゆか》を蹴《け》った。

宙《ちゅう》でくるってまわって、すたっと着地《ちゃくち》！

リズムをカンペキにつかんでる……！

体《からだ》をめいっぱい使《つか》ったパフォーマンスは、最高《さいこう》にカッコいいんだ！

みんなが、手拍子《てびょうし》で翔太《しょうた》くんを応援《おうえん》しはじめる。

「翔太《しょうた》くーん！」

紫乃《しの》さんが、ぶんぶんと手《て》をふった。

あれ、紫乃《しの》さん、翔太《しょうた》くんがステージにいること、ぜんぜんおどろいてないみたい。

「紫乃《しの》さん、翔太《しょうた》くんが踊《おど》ること、知《し》ってたの？」

「ええ。ダンサーのひとりが、直前《ちょくぜん》でケガしちゃったんだって。だれかいないかって、さがしまわってたから、翔太《しょうた》くんを推薦《すいせん》したのよ」

「直前《ちょくぜん》？　じゃああいつ、練習《れんしゅう》もないまま、ステージに立《た》ってるのか？」

おどろいた声《こえ》をあげたのは、レオくんだ。感心《かんしん》したように、クロトくんがうなずいた。

「相変《あいか》わらず、すごいなあ、翔太《しょうた》は」

そのときだ。音楽《おんがく》が消《き》えて、ダンサーさんがざっと両側《りょうがわ》に走《はし》っていく。

ステージの真《ま》ん中《なか》で、翔太《しょうた》くんが「ヤバイ」って顔《かお》をした。

ひとりで真《ま》ん中《なか》に取《と》りのこされちゃってる。あれって、ミスだよね⁉

やっぱり、練習《れんしゅう》なしで本番《ほんばん》なんて、無理《むり》だったんだ……。

ざわっ、と、不穏《ふおん》な空気《くうき》がただよう。

だいじょうぶかな、どうしたのかなって、みんながそう思《おも》ってるのに。

ステージの真《ま》ん中《なか》で、翔太《しょうた》くんは――ニって笑《わら》ったんだ。

「ここからは、おれのステージだ！」

それで、不安《ふあん》なんかどこかに吹《ふ》きとんでいった。

翔太《しょうた》くんの声《こえ》に合《あ》わせて、ギターとトランペットの人《ひと》が、なんとか演奏《えんそう》を再開《さいかい》した。

翔太《しょうた》くんが、バンドの人《ひと》たちをステージに呼《よ》びこんで、肩《かた》を組《く》んで踊《おど》りはじめる。

最初《さいしょ》は、とまどってたみたいな音楽《おんがく》が、軽《かろ》やかなリズムを取《と》りもどした。

右《みぎ》に、左《ひだり》に、音《おと》に合《あ》わせて踊《おど》る翔太《しょうた》くんは、まるで、背中《せなか》に羽《はね》が生《は》えてるみたい！

一度《いちど》ステージからおりたダンサーさんが、もどってきて。

最後《さいご》は、真《ま》ん中《なか》で翔太《しょうた》くんが叫《さけ》んだんだ！


「豪華客船《ごうかきゃくせん》ヴェガ、出航《しゅっこう》だー！」


わあっと拍手《はくしゅ》が起《お》きる。

「Great《グレイト》!!」

「カッコいい!!」

学校《がっこう》で、サッカーのグラウンドで、世界《せかい》のどこででも、翔太《しょうた》くんはいつも真《ま》ん中《なか》で、ピカピカに輝《かがや》いているんだ！

本当《ほんとう》に、太陽《たいよう》みたい。

ふいに、翔太《しょうた》くんと目《め》が合《あ》った。

ぱちん、とウィンクが飛《と》んできて、ドキッと鼓動《こどう》が跳《は》ねた。

翔太《しょうた》くんを見《み》てると、わたし、いつも胸《むね》がドキドキして、おかしくなるの。

……これって、どうしてなんだろう。

ボーッ！

汽笛《きてき》に合《あ》わせて、花火《はなび》があがる。

ゆっくりと、大《おお》きな船《ふね》が港《みなと》からはなれていく。

豪華客船《ごうかきゃくせん》ヴェガは、出航《しゅっこう》する。

ドキドキのわたしの気持《きも》ちと、美《うつく》しい絵画《かいが》と。

そして――とんでもない事件《じけん》をのせて。

# 2　怪盗《かいとう》ステラがねらうのは……

船《ふね》はゆっくりと進《すす》む。湾《わん》をでると、目《め》の前《まえ》はもう、ぜんぶ海《うみ》だ！

メインデッキのはしで、その景色《けしき》をながめながら、紫乃《しの》さんが言《い》った。

「やっぱり翔太《しょうた》くん、カッコいいわ……」

紫乃《しの》さんは、翔太《しょうた》くんのことが好《す》きなんだ。一度告白《どこくはく》をして、そのとき翔太《しょうた》くんは、今《いま》は余裕《よゆう》がないから、って断《ことわ》ったの。

でも紫乃《しの》さんは、あきらめないって言《い》った。

ズキッと、胸《むね》が痛《いた》む。

紫乃《しの》さんは、大切《たいせつ》な友《とも》だちだ。でも……翔太《しょうた》くんのことを話《はな》しているのを聞《き》くと、なんだかちょっとだけ、苦《くる》しい気持《きも》ちになる。

「……紫乃《しの》ちゃんが、また翔太《しょうた》のこと見《み》てる」

そのすぐそばで、ブレザーを着《き》た男《おとこ》の子《こ》が、ずーん、と肩《かた》を落《お》としていた。

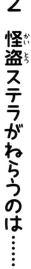

御崎伊織《みさきいおり》さん。

甘《あま》い顔立《かおだ》ちにすらっと高《たか》い身長《しんちょう》、紅茶色《こうちゃいろ》の瞳《ひとみ》に、淡《あわ》いブラウンの髪《かみ》。わたしたちとおなじ中学《ちゅうがく》二年生《ねんせい》なんだ。

そしてイオリさんはなんと、紫乃《しの》さんの婚約者《こんやくしゃ》！

……婚約者《こんやくしゃ》がいるって、さすが、お嬢《じょう》さまだよね。

イオリさんもすごくお金持《かねも》ちで、プライベートジェットで世界中《せかいじゅう》を飛《と》びまわってるんだよ。

……とんでもないよね。

紫乃《しの》さんが、もうっと頬《ほお》をふくらませた。

「イオリ。めそめそしないで」

「紫乃《しの》ちゃんが、翔太《しょうた》の話《はなし》ばっかりするから……」

イオリさんは、紫乃《しの》さんのことが、すっごく好《す》きなんだ。

親《おや》が決《き》めた婚約者《こんやくしゃ》だからってことじゃない。本気《ほんき》なんだって、そう言《い》っていた。

でもちょっと気《き》が弱《よわ》くて、すぐに落《お》ちこんじゃったりするんだよね。

甲板《かんぱん》を、ぱたぱたと翔太《しょうた》くんが走《はし》ってきた。

「悪《わる》い、待《ま》たせた！」

ダンサーの服《ふく》から、動《うご》きやすいパーカーとハーフパンツに着《き》がえてる。

「控《ひか》え室《しつ》で着《き》がえてたんだけどさ、船《ふね》が広《ひろ》すぎて迷《まよ》った」

うーん、わかるなあ。この船《ふね》、街《まち》みたいに広《ひろ》いんだもん。

翔太《しょうた》くんは、さらっと言《い》った。

「前《まえ》にのった船《ふね》は、ここまで大《おお》きくなかったからさ。でもかわりにジムが充実《じゅうじつ》してて、いっぱいきたえられて、楽《たの》しかったなあ」

えっ、前《まえ》にのった船《ふね》!?

キヨくんが、なんでもないみたいにうなずいた。

「図書室《としょしつ》なんかも、船《ふね》によって蔵書《ぞうしょ》がちがっておもしろいよな」

「地中海《ちちゅうかい》のクルーズも、沿岸《えんがん》の景色《けしき》が見《み》えて楽《たの》しかった」

レオくんのとなりで、クロトくんが続《つづ》ける。

「スイーツ専門《せんもん》のカフェがある船《ふね》にものったなあ。最高《さいこう》だった」

とうとうガマンできずに、わたしは声《こえ》をあげた。

「待《ま》って！　みんな、豪華客船《ごうかきゃくせん》って初《はじ》めてじゃないの!?」

みんなの視線《しせん》がわたしに集《あつ》まった。紫乃《しの》さんが、首《くび》をかしげる。

「あら、ゆずさんは初《はじ》めてなの？」

「初《はじ》めてです！」

ええっ⁉　とみんながおどろいたような顔《かお》をした。わたしのほうがおどろきだよ！

「夏休《なつやす》みとかにのったりしない？」

きょとん、としたイオリさんの顔《かお》が、なんだかうらめしい。

「のらないよ。あの……夏休《なつやす》みって登校日《とうこうび》とかどうするの？」

「もちろん、ヘリで帰《かえ》って出席《しゅっせき》するよ。それで終《お》わったら、またもどってくるんだ」

「……そっか」

住《す》んでる世界《せかい》がちがいすぎだ。もうつっこむのもつかれて、わたしは肩《かた》を落《お》とした。

「――じゃあわたしの部屋《へや》に案内《あんない》するわ。翔太《しょうた》くんたちに、相談《そうだん》したいことがあるの」

紫乃《しの》さんとイオリさんが、顔《かお》を見合《みあ》わせた。ふたりともちょっと不安《ふあん》そうだ。

そういえば、紫乃《しの》さんの相談《そうだん》したいことって、なんなんだろう。

「なにかあったのか？」

翔太《しょうた》くんの言葉《ことば》に、紫乃《しの》さんはすこしためらって。

そうして、言《い》ったんだ。

「――怪盗《かいとう》ステラからの、予告状《よこくじょう》が届《とど》いたの」

――怪盗《かいとう》ステラ。

最近《さいきん》、世《よ》の中《なか》をさわがせている、ドロボウなんだ。

変装《へんそう》の天才《てんさい》で、だれにだってなりすますことができる。だから、本当《ほんとう》の姿《すがた》はだれも知《し》らない、謎《なぞ》だらけの怪盗《かいとう》なの。

どこにでもあらわれて、ねらわれたものはぜったいに盗《ぬす》まれてしまう。

予告状《よこくじょう》はあることも、ないこともあるんだけど、でも盗《ぬす》まれた場所《ばしょ》には、必《かなら》ず星《ほし》のマークが描《か》かれているんだって。

わたしたちは、ステラと対決《たいけつ》したことがある。

ティアラがねらわれた遊園地《ゆうえんち》、そしてわたしたちの学校《がっこう》、青星学園《せいせいがくえん》で……謎《なぞ》につつまれたその姿《すがた》を見《み》た。

夜《よる》にとけるみたいな、黒《くろ》いシルクハットに黒《くろ》いコート。

しゃらしゃらとなる、銀色《ぎんいろ》のアクセサリー。

夕暮《ゆうぐ》れを背《せ》に笑《わら》うその姿《すがた》は、忘《わす》れられない。

「……ステラは、おれたちが、ぜったいつかまえる」

翔太《しょうた》くんが、ぐっと手《て》をにぎりしめた。

不思議《ふしぎ》そうな顔《かお》をした紫乃《しの》さんに、わたしたちとステラの対決《たいけつ》の話《はなし》をしていたとき。

ふいに、その声《こえ》が聞《き》こえた。

「――今度《こんど》は、ステラはなにをねらってるの？」

高《たか》くもなく低《ひく》くもない、不思議《ふしぎ》な声色《こわいろ》だった。

「ユキくん!?」

相良雪《さがらゆき》くん。

銀色《ぎんいろ》の髪《かみ》に真《ま》っ白《しろ》な肌《はだ》、髪《かみ》とおなじ色《いろ》の長《なが》いまつ毛《げ》が、頬《ほお》にかげを落《お》としている。そのむこうにのぞく瞳《ひとみ》は透《す》きとおったような、不思議《ふしぎ》な揺《ゆ》らぎをたたえていた。

雪《ゆき》の妖精《ようせい》みたいな、美《うつく》しい男《おとこ》の子《こ》なんだ。

翔太《しょうた》くんが、おどろきながらも、ぱっと笑《え》みを浮《う》かべた。

「ユキものってたのか？」

ユキくんは二学期《がっき》からの転校生《てんこうせい》。夏休《なつやす》み前《まえ》に、青星学園《せいせいがくえん》に一足早《ひとあしはや》くやってきたんだよね。

運動神経《うんどうしんけい》が抜群《ばつぐん》で、身《み》が軽《かる》くて、翔太《しょうた》くんとサッカーで張《は》りあえちゃうぐらい。

「うん、家族《かぞく》でね。展覧会《てんらんかい》の招待状《しょうたいじょう》をもらったんだ。ステージで踊《おど》ってる翔太《しょうた》くんを見《み》て、きっと会《あ》えると思《おも》って、さがしてたんだよ」

それで、と、ユキくんは続《つづ》けた。

「……ステラ、って聞《き》こえたんだけど」

紫乃《しの》さんが、ちらっとこっちを見《み》た。ユキくんとは、初《はじ》めて会《あ》うんだもんね。

翔太《しょうた》くんが大《おお》きくうなずいた。

「だいじょうぶだ、結城《ゆうき》。ユキもステラのことは知《し》ってる。こいつ、おれとおなじぐらいサッカーもうまいし、謎《なぞ》を解《と》くのに協力《きょうりょく》してくれるぜ！」

みんなで協力《きょうりょく》すれば、ステラをつかまえられるかもしれない。

紫乃《しの》さんは「わかったわ」って言《い》って、みんなを案内《あんない》してくれたんだ。


紫乃《しの》さんのお部屋《へや》があるのは、スイートエリアなんだって。すでに豪華《ごうか》なこの船《ふね》のなかで、さらに豪華《ごうか》なエリア、ってこと。

メインデッキからエントランスホールに入《はい》って、続《つづ》く廊下《ろうか》に足《あし》をふみいれた。

ここが、スイートエリアかあ。

あちこち金色《きんいろ》の飾《かざ》りがついてるし、足《あし》もとの絨毯《じゅうたん》は、ふっかふか。

壁《かべ》には絵《え》や写真《しゃしん》がたくさん飾《かざ》ってあるんだ。

その写真《しゃしん》のひとつに、わたしは目《め》をとめた。

「これって、紫乃《しの》さんのお父《とう》さんだよね」

紫乃《しの》さんのお父《とう》さんが、青《あお》い制服《せいふく》を着《き》た、真《ま》っ白《しろ》なひげのおじさんと握手《あくしゅ》をしてる。

「……ええ、この船《ふね》ができたときに、船長室《せんちょうしつ》で挨拶《あいさつ》したときのものね。十年《ねん》も前《まえ》の写真《しゃしん》よ」

じゃあこの白《しろ》ひげのおじさんが、この船《ふね》の船長《せんちょう》さんかあ。

船長室《せんちょうしつ》で握手《あくしゅ》しているふたりの後《うし》ろに、小《ちい》さな絵《え》が飾《かざ》ってあった。

ノートを横《よこ》にしたぐらいのサイズかな。金色《きんいろ》の額縁《がくぶち》に入《はい》っている。

クロトくんが、じっとその絵《え》を見《み》つめていた。

「この絵《え》って？」

「船長《せんちょう》さんが、フランスで買《か》ったんだって。船長室《せんちょうしつ》の飾《かざ》りに、ちょうどいいみたい」

紫乃《しの》さんが答《こた》えてくれる。

クロトくんはすいこまれるようにその絵《え》を見《み》つめて、やがて、首《くび》をかしげた。

どうしたんだろう……。

そのとき、イオリさんが、どこか自慢《じまん》げに言《い》った。

「船長室《せんちょうしつ》に入《はい》れるなんて、信頼《しんらい》されてる証《あかし》なんだ。ここは船長《せんちょう》さんがいっしょにいないと、ぜったいに入《はい》れない場所《ばしょ》だからね」

「航海《こうかい》データや、顧客情報《こきゃくじょうほう》があるからだな」

キヨくんの言葉《ことば》に、イオリさんがうなずく。

「船《ふね》には、金庫《きんこ》も鍵《かぎ》がかかる場所《ばしょ》もたくさんあるけど、ここがある意味《いみ》、一番《いちばん》セキュリティが厳《きび》しいんだよ」

「船長《せんちょう》さんといっしょじゃないとってことは……生体認証《せいたいにんしょう》か」

キヨくんがつぶやいた。指紋認証《しもんにんしょう》とか虹彩認証《こうさいにんしょう》とか、その人《ひと》じゃないとあかない鍵《かぎ》、ってことだよね。

ユキくんが、感心《かんしん》したように言《い》った。

「船長室《せんちょうしつ》に招待《しょうたい》されるなんて、結城《ゆうき》さんのお父《とう》さんはすごい人《ひと》なんだね」

紫乃《しの》さんは、なんだか複雑《ふくざつ》そうな顔《かお》をしていた。

「ええ……お仕事《しごと》ばっかりで、相変《あいか》わらずわたしの話《はなし》を聞《き》いてくれないんだけどね」

お金持《かねも》ちのお嬢《じょう》さまって、実《じつ》はすごく大変《たいへん》みたい。

学校《がっこう》の進路《しんろ》も、遊《あそ》びも、趣味《しゅみ》も……勝手《かって》に決《き》められちゃう。

自分《じぶん》じゃなんにも自由《じゆう》にならないんだ——恋《こい》する相手《あいて》だって。

だから、翔太《しょうた》くんのことが好《す》きな紫乃《しの》さんは、お父《とう》さんとぶつかったことがあったんだ。

「で、でも、この展覧会《てんらんかい》は、結城《ゆうき》のおじさんが、青星学園《せいせいがくえん》のみんなを呼《よ》ぶといいって、招待状《しょうたいじょう》をくれたんだよ」

イオリさんが、一生懸命《いっしょうけんめい》続《つづ》けた。

「おじさんも、紫乃《しの》ちゃんと話《はな》したり、わかりあったりしたいんだよ」

「……うるさいわよ、イオリ」

ふんっとそっぽをむいた紫乃《しの》さんが、でもすこし、ほっとしたように見《み》えたから。

きっと紫乃《しの》さんだって、ちゃんとわかってるんだって、わたしは思《おも》うよ。

みんなで紫乃《しの》さんのお部屋《へや》にむかって、歩《ある》きだしたとき。

わたしは、ユキくんだけまだ、その写真《しゃしん》に釘《くぎ》づけになっているのに気《き》がついた。

「ユキくんも、その絵《え》が気《き》になるの？　クロトくんもさっき、見《み》てたよ」

「そっか……さすがだね」

さすが？　首《くび》をかしげていると、なんでもない、とユキくんは言《い》った。

「ぼくはこの絵《え》が、懐《なつ》かしくてさ」

写真《しゃしん》のなか、金色《きんいろ》の額縁《がくぶち》に入《はい》っているのは、緑《みどり》の草原《そうげん》と、小《ちい》さなおうちの絵《え》だった。

太陽《たいよう》が輝《かがや》く丘《おか》の上《うえ》の草原《そうげん》は、吹《ふ》きわたる風《かぜ》のかたちがわかるみたい。

描《えが》かれた赤《あか》いおうちは小《ちい》さくて、おとぎばなしにでてくるみたいに、かわいい。

「ずっと前《まえ》に住《す》んでたところに、こういう場所《ばしょ》があったんだ」

ふい、と視線《しせん》をそらしたユキくんは、くちびるのはしだけで笑《わら》った。

「ぼくが、一番好《いちばんす》きだった場所《ばしょ》」

その笑《え》みは、うすく透《す》きとおったガラス細工《ざいく》みたいに儚《はかな》くて。

触《ふ》れたら、こわれてしまうんじゃないかって。そんなふうに思《おも》ったんだ。


紫乃《しの》さんのお部屋《へや》……スイートルームについて、その豪華《ごうか》さに、わたしはびっくりして声《こえ》をあげた。

「わあ……！」

天井《てんじょう》からはシャンデリア、棚《たな》もテーブルもピカピカで、足《あし》もとはふかふかの赤《あか》い絨毯《じゅうたん》。

窓《まど》の外《そと》は、広《ひろ》いバルコニーになっている。そのむこうは、一面《いちめん》の海《うみ》だった！

紫乃《しの》さんが、頬《ほお》に手《て》をあてて言《い》った。

「ごめんなさい。ホントは、ゆずさんたちのお部屋《へや》もスイートの予定《よてい》だったのよ。でも空《あ》きがなくて……一等個室《いっとうこしつ》になっちゃったの」

「ぜんっぜんだいじょうぶです！」

わたしのお部屋《へや》だって、広《ひろ》くてソファとかあって、そわそわするのに。

こんなスイートルームに泊《と》まるってなったら、落《お》ちつかなくて眠《ねむ》れないかも。

そう思《おも》っていると紫乃《しの》さんが、テーブルの上《うえ》に一枚《まい》のカードをすべらせた。

「それで、見《み》てほしいのは、このカードなの」

黒《くろ》いカードに、きらりと金色《きんいろ》に輝《かがや》く、星《ほし》のマーク。

そして銀色《ぎんいろ》の文字《もじ》で印刷《いんさつ》された言葉《ことば》は――。


「海上《かいじょう》の『モネ』をいただきます」

翔太《しょうた》くんが、真剣《しんけん》な声《こえ》でつぶやいた。

「ステラのカードだ」

海上の『モネ』をいただきます

「この船《ふね》にカードが届《とど》いたのは、昨日《きのう》よ。今《いま》はまだ、船長《せんちょう》さんや、一部《いちぶ》の船員《せんいん》さん、それから、展覧会《てんらんかい》のスタッフさんしか知《し》らないわ」

クロトくんがカードを手《て》に取《と》って、まじまじと見《み》つめた。

「本物《ほんもの》だね。文字《もじ》は印刷《いんさつ》だけど、星《ほし》のマークは手描《てが》きだし、ステラの筆跡《ひっせき》でまちがいない」

クロトくんは芸術家《げいじゅつか》。筆跡《ひっせき》なんかもわかっちゃうんだ。

前《まえ》にもステラの星《ほし》のマークが、ニセモノだって見破《みやぶ》ったことがある。

「『モネ』をねらってる、ってことは……ステラの目的《もくてき》は、展覧会《てんらんかい》の絵《え》か」

レオくんの言葉《ことば》に、紫乃《しの》さんがうなずいた。

「そうだと思《おも》う」

となりでイオリさんが、さっとスマートフォンを取《と》りだす。

「今回《こんかい》、展覧会《てんらんかい》には四十点《よんじゅってん》のモネの絵《え》と、百点以上《ひゃくてんいじょう》の、印象派《いんしょうは》の作品《さくひん》が持《も》ちこまれてるね」

「印象派《いんしょうは》……って、なんだっけ」

わたしが聞《き》くと、教《おし》えてくれたのは、クロトくんだった。

「西洋画《せいようが》の種類《しゅるい》のひとつだね。風《かぜ》や光《ひかり》や自然《しぜん》を、感《かん》じたままに描《か》く人《ひと》たちのこと。有名《ゆうめい》なのは、やっぱりモネ。あとルノアールや、マネかな」

「すごい……！　どれも教科書《きょうかしょ》で見《み》たことあるかも」

ふいに、きらんっと、クロトくんの目《め》が輝《かがや》いた。

「とくに、モネの『印象《いんしょう》　日《ひ》の出《で》』なんか最高《さいこう》だね。霧《きり》のなかから、太陽《たいよう》がぼんやりのぼる瞬間《しゅんかん》は、ぶわあぁ！　ってなるし、点描《てんびょう》の筆遣《ふでづか》いなんてぎゅううんって感《かん》じがする！」

……んん？

クロトくんが、力《ちから》をこめて続《つづ》ける。

「モネにかぎらず、印象派《いんしょうは》の作品《さくひん》はみんな、ぎゅうんってなって、ときにびゅおおって風《かぜ》が吹《ふ》くみたいな気持《きも》ちになるんだ！」

……そーっとふりかえると、みんなが、なにかをあきらめたみたいに首《くび》を横《よこ》にふってた。

うん、わからないよね。

芸術家《げいじゅつか》って、時々《ときどき》こうなっちゃうのかなあ……。

気《き》を取《と》り直《なお》したように、ユキくんが言《い》った。

「ええっと、じゃあそのモネのどれかを、ステラはねらってるんだね」

「たぶん――『睡蓮《すいれん》』だわ」

紫乃《しの》さんの言葉《ことば》に、わたしは、あっと声《こえ》をあげた。

「『睡蓮《すいれん》』って、さっきのドリンクにもなってた、モネの代表的《だいひょうてき》な作品《さくひん》だよね」

「ええ。今回《こんかい》の展覧会《てんらんかい》で、一番注目《いちばんちゅうもく》されてるのよ」

クロトくんがうなずいた。

「モネの『睡蓮《すいれん》』は連作《れんさく》で、実《じつ》は三百点近《びゃくてんちか》くあるんだ」

「そんなに⁉」

「うん。『睡蓮《すいれん》』シリーズには、まだ見《み》つかっていないものもあるって言《い》われてて、今回《こんかい》の『睡《すい》蓮《れん》』も、初《はじ》めて公開《こうかい》されるものみたいだね」

クロトくんの目《め》がわくわくと輝《かがや》いている。

はっとしたのは、レオくんだった。

「それって、すごい価値《かち》なんじゃないのか。たしか、『睡蓮《すいれん》』って高《たか》いのだと、何十億《なんじゅうおく》もするって聞《き》いたことある」

「えっ⁉」

わたしは、思《おも》わず叫《さけ》んだ。

「じゃあ、今回《こんかい》の『睡蓮《すいれん》』だって、何十億《なんじゅうおく》ってお金《かね》になるかもしれないんだ……」

もう、想像《そうぞう》がつかない金額《きんがく》だよ。

「警察《けいさつ》は呼《よ》んだの？」

ユキくんの質問《しつもん》に、紫乃《しの》さんが首《くび》を横《よこ》にふった。

「警備《けいび》は強化《きょうか》するみたいだけど……。実《じつ》は船長《せんちょう》さんたちも、あまり本気《ほんき》にしてないの……日本《にほん》では、ステラはまだ有名《ゆうめい》じゃないでしょ」

たしかに、ステラが日本《にほん》で話題《わだい》になったのは、最近《さいきん》だもん。

予告状《よこくじょう》をいたずらだって思《おも》っちゃうのは、しかたがないのかも……。

紫乃《しの》さんは、真剣《しんけん》な顔《かお》で言《い》った。

「明日《あす》の夜《よる》、お披露目《ひろめ》パーティがあるでしょ。それが終《お》わって、明後日《あさって》の朝《あさ》。次《つぎ》の港《みなと》についたらぜったいに警察《けいさつ》を呼《よ》ぶわ。だからそれまで……『睡蓮《すいれん》』を守《まも》ってほしい」

みんなで顔《かお》を見合《みあ》わせる。代表《だいひょう》して、翔太《しょうた》くんがニっと笑《わら》った。

「わかった。おれたちが守《まも》るよ」

ステラには、ずっとくやしい思《おも》いをさせられてきたんだもん。

ここで、リベンジしたいよね！

「——でもさ……」

ふいに、そうつぶやいたのは、クロトくんだった。

「ステラは、どうして『睡蓮《すいれん》』をねらってるんだろう」

「高《たか》いからだろ。何十億《なんじゅうおく》ってなったら、好《す》きなものがなんでも買《か》える」

翔太《しょうた》くんの言葉《ことば》に、クロトくんはあんまり納得《なっとく》してないみたい。

「遊園地《ゆうえんち》の事件《じけん》のとき、ステラが盗《ぬす》んだのは、ティアラじゃなくて銅像《どうぞう》だった。もしお金《かね》が目的《もくてき》なら、ティアラのほうが高価《こうか》だったよね」

レオくんが、こっちを見《み》た。

「前《まえ》にゆずが言《い》ってたよな。ステラはただ美《うつく》しいとか、高価《こうか》ってことじゃなくて、盗《ぬす》むのをおもしろがってるんだ、って」

わたしもうなずく。

「ステラが盗《ぬす》むものは、お金《かね》とか、あんまり関係《かんけい》がないような気《き》がするんだ。今回《こんかい》の『睡蓮《すいれん》』だってきっと」

そのとき、ふ、ととなりで、ユキくんが、笑《え》みを浮《う》かべたのがわかった。

「――きっと、なにか意味《いみ》があるんだよ」

その目《め》がまたたくたびに、頬《ほお》にまつ毛《げ》の淡《あわ》いかげが落《お》ちる。

「ステラはもしかしたら、なにか、目的《もくてき》があって怪盗《かいとう》を続《つづ》けてるんじゃないかな」

その雰囲気《ふんいき》は妖精《ようせい》みたいに、どこか怪《あや》しくて。

——でもすごく美《うつく》しくて……。

「……なるほどな」

キヨくんの言葉《ことば》で、わたしは、はっとわれにかえった。

「ステラが盗《ぬす》んだもの、調《しら》べてみてもいいかもしれないね」

レオくんが手《て》をあげる。

「おれ、イタリアのじいさんに聞《き》いてみるよ」

そっか、ステラが最初《さいしょ》にあらわれたのって、イタリアだもんね。

よしっと、翔太《しょうた》くんがわたしたちを見《み》まわした。

「おれたちは、ステラをつかまえることに集中《しゅうちゅう》しようぜ！」

その目《め》がらんらんと輝《かがや》いている。

今度《こんど》こそ、ぜったいにステラをつかまえるんだ！

# 3　あたしの大好《だいす》きなクロト！

ユキくんはこのあと、家族《かぞく》でコンサートを見《み》るんだって、残念《ざんねん》そうにもどっていった。

わたしたちは、モネの『睡蓮《すいれん》』が飾《かざ》られている展示室《てんじしつ》に行《い》くことにしたんだ。

それで、エントランスまでもどってきたんだけど……。

……さっきから、じろじろ見《み》られてるような気《き》がする。

「ねえ、あれって、レオだよね」

「っていうか、あの人《ひと》たちみんなcolors《カラーズ》のMV《エムブイ》にでてたよね！」

青星学園《せいせいがくえん》のS《エス》クラスって、学校外《がっこうがい》でもすごく有名《ゆうめい》なんだ。

レオくんは芸能人《げいのうじん》だし、クロトくんは天才芸術家《てんさいげいじゅつか》として、よくメディアに取《と》りあげられてる。

それに大人気《だいにんき》ダンスグループ、colors《カラーズ》のMV《エムブイ》に、そろって出演《しゅつえん》してるんだよね。

「いっしょにいる女《おんな》の子《こ》も、かわいいよ。あれ結城財閥《ゆうきざいばつ》のお嬢《じょう》さまでしょ」

……紫乃《しの》さんも、目立《めだ》ってるなあ。

でもこの人《ひと》たちは、まわりの視線《しせん》なんか、ちっとも気《き》にしてないみたい。

目立《めだ》つことがあたりまえ、って感《かん》じだもんね。

「もうひとりの女《おんな》の子《こ》は……なんか、地味《じみ》だね」

「うん。ふつー」

……うぅ、わたしは、こんなふうに言《い》われるのも、もう慣《な》れちゃった。

このキラキラした人《ひと》たちと、地味《じみ》なわたしは……つりあわない、ってこと。

ちょっとかなしい気持《きも》ちになりながら、わたしは足早《あしばや》にエントランスをとおりぬけた。

前《まえ》を歩《ある》くクロトくんが、ぱっとふりかえった。

「そういえば、この展覧会《てんらんかい》の装飾《そうしょく》を、うちの母《かあ》さんのチームが担当《たんとう》してるんだよ」

翔太《しょうた》くんが、へ？　って目《め》を見開《みひら》いた。

「クロトの母《かあ》さんって、華道家《かどうか》だったよな」

クロトくんの家族《かぞく》はみんな、芸術家《げいじゅつか》なんだよ。

お父《とう》さんは写真家《しゃしんか》、おじいさんが日本画家《にほんがか》、そしてお母《かあ》さんが華道家《かどうか》なんだって。

紫乃《しの》さんは、そのことを知《し》っていたみたいだった。

「絵《え》のまわりを、たくさんのお花《はな》で飾《かざ》りつける予定《よてい》なの。それで、泉田《いずみだ》くんのお母《かあ》さま——泉田《いずみだ》詩花《しか》さんに、その装飾《そうしょく》をお願《ねが》いしたって聞《き》いたわ」

「今回《こんかい》、母《かあ》さんはデザインだけで、実際《じっさい》に飾《かざ》りつけるのはお弟子《でし》さんらしいけどね」

クロトくんはスマートフォンをちらっと確認《かくにん》して、ああ、とつぶやいた。

「母《かあ》さん本人《ほんにん》は、今《いま》アフリカで新《あたら》しい花《はな》をさがしてるってさ」

えっ、アフリカ⁉

キヨくんが、半分《はんぶん》あきれたみたいに、肩《かた》をすくめる。

「クロトの家族《かぞく》、いつもバラバラだよな」

「あはは、そうだね」

クロトくんが、でも、とスマートフォンの画面《がめん》を見《み》せてくれた。

「うわあ、きれい！」

そこには、たくさんのきれいな写真《しゃしん》が、おくられてきてるんだ。

お父《とう》さんからは、パリの夜明《よあ》けの写真《しゃしん》。お母《かあ》さんからは、見《み》たこともないオレンジ色《いろ》の大《おお》きなお花《はな》が、うつわにいけられた写真《しゃしん》。

おじいさんからは、背《せ》より高《たか》い墨描《すみが》きの龍《りゅう》の絵《え》だ。

「行《い》く先々《さきざき》で、こうやっておくってくるんだよ」

困《こま》ったようなクロトくんの口《くち》もとは、でも、おだやかに笑《わら》ってる。

「家族《かぞく》とあまり会《あ》えないのはさびしいけど、こうやって、みんなが元気《げんき》だってわかるし……ぼくのこと、心配《しんぱい》してくれてるんだって思《おも》うよ」

紫乃《しの》さんが、顔《かお》を輝《かがや》かせた。

「いいわね！　芸術家《げいじゅつか》ってきっと、作品《さくひん》で自分《じぶん》の気持《きも》ちを伝《つた》えるのね」

きれいなお花《はな》にも、パリの写真《しゃしん》にも、龍《りゅう》の絵《え》にも。

クロトくんの家族《かぞく》の気持《きも》ちが、いっぱいつまっている。

うん、それって、すごくステキなことだ！

「……そう、そのとおりだ」

ふいに、クロトくんがまっすぐに、こっちを見《み》つめた気《き》がした。

「ぼくたちは自分《じぶん》の作品《さくひん》で、心《こころ》を伝《つた》えるんだ。だからぼくも――……」

その瞳《ひとみ》の奥《おく》に、ゆらり、と炎《ほのお》が揺《ゆ》らぐ。

そのときだった。

「――クロト」

廊下《ろうか》の奥《おく》に、女《おんな》の子《こ》が立《た》っていた。

明《あか》るい色《いろ》の髪《かみ》をポニーテールにして、Ｔ《ティー》シャツにデニム、スラっとした長《なが》い足《あし》に、スニーカーをはいている。

「やっぱり！　ひさしぶり、クロト！」

ぱあっと笑《わら》ったその顔《かお》は、明《あか》るくてさわやかで、青空《あおぞら》に咲《さ》くひまわりみたい。

「えっ、ノア⁉」

クロトくんが、おどろいたような声《こえ》をあげた。知《し》り合《あ》いなのかな。

ノアって呼《よ》ばれたその人《ひと》は、ぱたぱたってかけよってきて――。

そのまま、クロトくんにぎゅーって抱《だ》きついたんだ！

「――会《あ》いたかった、あたしの大好《だいす》きなクロト！」

わあ、だ、抱《だ》きついたっ！

それに、大好《だいす》きって⁉

きゃーって跳《と》びあがったのは、恋愛大好《れんあいだいす》きな、紫乃《しの》さんだ。

「泉田《いずみだ》くんっ！　もしかして彼女《かのじょ》⁉　おつきあいしてるの⁉」

「……いや、ちがうって」

クロトくんが、ちょっとだけ顔《かお》を赤《あか》くして、ぐいっとノアさんを押《お》しのけた。

「もう、やめてってて、ノア。そういうのはずかしい。みんなもびっくりするし」

「いいじゃない。そんなこと言《い》うなんて、クロトのくせになまいきだわ」

「くせに、ってなんだよ」

わたしはちょっとおどろいた。

クロトくんって、いつもやわらかくてやさしい王子様《おうじさま》って感《かん》じなのに。こんなふうに、ムスっとした態度《たいど》になるのは、すっごくめずらしい。

はあってため息《いき》をついて、クロトくんは、その人《ひと》をわたしたちに紹介《しょうかい》してくれたんだ。

「……大淀乃彩《おおよどのあ》。ぼくの、いとこだよ」

いとこ⁉

翔太《しょうた》くんが、ニっと笑顔《えがお》を見《み》せた。

「おれたち、クロトとおなじ学校《がっこう》の仲間《なかま》なんだ。よろしくな、ノアさん！」

そのとたん。ノアさんが、ぎゅうっと目《め》を細《ほそ》めた気《き》がした。

「……どうも」

……あれ、にらまれた？　気《き》のせい、かな。

「ノアはぼくよりひとつ年上《としうえ》で、中学《ちゅうがく》三年生《ねんせい》なんだ。母《かあ》さんの一番弟子《いちばんでし》なんだよ」

クロトくんが言《い》うと、レオくんが感心《かんしん》したように、目《め》をまるくした。

「じゃあ、ノアさんも華道家《かどうか》、ってことだ」

ノアさんは腰《こし》に手《て》をあてて、わたしたちをじろっと見《み》まわした。

「そうよ、あたしは詩花《しか》さんの一番弟子《いちばんでし》として、『海上《かいじょう》のモネ』展《てん》の、フラワーアーティストチームに参加《さんか》してるの」

中学《ちゅうがく》三年生《ねんせい》なのにプロのアーティスト、ってことだ！　わたしは思《おも》わず言《い》った。

「すごい！　カッコいいですね！」

「どうも」

……………うん、気《き》のせいじゃないよね、やっぱりにらまれてる気《き》がする。でも……。

「ノアはすごいんだよ。海外《かいがい》のコンクールで大人《おとな》にまじって優勝《ゆうしょう》もしてるんだから」

クロトくんがそう言《い》った瞬間《しゅんかん》だった。

「クロトにそう言《い》ってもらえるの、うれしいよ。クロトが船《ふね》にのるって聞《き》いて、すっごく楽《たの》しみにしてた」

ノアさんは、あの、ひまわりが咲《さ》いたみたいな笑顔《えがお》を見《み》せたんだ。

なんだかこの人《ひと》、わたしたちとクロトくんで、ぜんぜん態度《たいど》がちがうよね!?

「ひさしぶりだもんね。ノアが海外《かいがい》に住《す》んでから、会《あ》ってないから」

クロトくんが、わたしたちを見《み》て続《つづ》けた。

「ノアは母《かあ》さんの弟子《でし》だから、小《ちい》さいころよく、うちに来《き》てたんだよ。だからぼく、ノアのこと、本当《ほんとう》のお姉《ねえ》ちゃんみたいに思《おも》ってたこともあったんだ」

ああ、そっか。

クロトくんの、あのめずらしい雰囲気《ふんいき》の理由《りゆう》がわかった気《き》がした。

あのときのクロトくん、お姉《ねえ》さんといっしょにいる、弟《おとうと》みたいだったんだ。

遠慮《えんりょ》がなくてちょっと困《こま》ってて、でも心《こころ》を許《ゆる》してるって感《かん》じ。

でもノアさんは、笑《わら》いながら、ふいっと視線《しせん》をそらしてしまったんだ。

「……お姉《ねえ》ちゃん、か」

「ノア？」

クロトくんが、不思議《ふしぎ》そうな顔《かお》をする。ノアさんは、慌《あわ》ててぱっと笑《わら》った。

「ううん。ホント、クロトは手《て》のかかる弟《おとうと》、って感《かん》じ」

でもそれは、からからにかわいたウソみたいな笑顔《えがお》で……とてもかなしそうに見《み》えたんだ。

ふいに、ノアさんと目《め》が合《あ》う。

肌《はだ》がひりつくような、するどい視線《しせん》……。

やがて、ふいっとそっぽをむいたノアさんは、クロトくんの手《て》をつかんだ。

「行《い》こう、クロト。展示室《てんじしつ》で手伝《てつだ》ってほしいことがあるの」

「わ、待《ま》ってよノア！」

ひっぱられていっちゃうクロトくんを、わたしたちはぼうぜんと見《み》おくった。

「なんか、あの人《ひと》、おれたちにつめたくねえ？」

翔太《しょうた》くんが首《くび》をかしげる。レオくんがまゆを寄《よ》せた。

「会《あ》ったばっかりだし、おれたちなにもしてないよ。気《き》のせいなんじゃないか？」

とにかく、と言《い》ったのは翔太《しょうた》くんだ。

「おれたちも行《い》こう。展示室《てんじしつ》には、ステラがねらってる『睡蓮《すいれん》』があるんだろ」

そうだった！

わたしたちは、ステラから『睡蓮《すいれん》』を守《まも》らなくちゃいけないんだ。

# 4　モネの船上美術館《せんじょうびじゅつかん》

船《ふね》の一番後《いちばんうし》ろ、船尾《せんび》の最上階《さいじょうかい》に、その展示室《てんじしつ》はあった。

重厚《じゅうこう》な両開《りょうびら》きの扉《とびら》は、今《いま》は開《ひら》かれていて、小《ちい》さな金色《きんいろ》のプレートがついている。

『船上美術館《せんじょうびじゅつかん》』

扉《とびら》のむこうは大《おお》きな柱《はしら》をはさんで、部屋《へや》がふたつ奥《おく》に続《つづ》いている。

左右《さゆう》には美術館《びじゅつかん》らしく、ずらっと額縁《がくぶち》がならんでいた。

そしてそのすべてが、お花《はな》で埋《う》めつくされてるんだ！

「わぁ……」

わたしは、思《おも》わず歓声《かんせい》をあげていた。

額縁《がくぶち》からあふれるみたいに配置《はいち》された、ユリやひまわり、真《ま》っ白《しろ》なユキヤナギ、コスモス、スキにアイリス……。

天井《てんじょう》からは、みずみずしいツタがたれさがっていて、そのさきにも、お花《はな》が飾《かざ》られてる。

まるでお花《はな》のカーテンのなかを、歩《ある》いてるみたい！

これがクロトくんのお母《かあ》さんの、フラワーアートなんだね。

展示室《てんじしつ》をぐるっと見《み》まわして、レオくんが息《いき》をのんだ。

「『ポプラ並木《なみき》』の連作《れんさく》に、『積《つ》み藁《わら》』……すごい絵《え》ばっかり持《も》ってきてるな」

どれも教科書《きょうかしょ》にのってるような、有名《ゆうめい》な絵《え》だってわかる。

そして二部屋《ふたへや》目《め》の一番奥《いちばんおく》に、その絵《え》はあった。

クロトくんが、ぽつりとつぶやいた。

「……『睡蓮《すいれん》』だ」

大《おお》きさは、ほかの絵《え》にくらべてかなり小《ちい》さい。ひとかかえぐらいで、金色《きんいろ》の額縁《がくぶち》に入《はい》ってる。

すがすがしい、青色《あおいろ》の絵《え》だった。

波紋《はもん》がゆらめくはざまに、白色《しろいろ》と、ピンク色《いろ》の睡蓮《すいれん》が、花開《はなひら》いている。

水《みず》のにおい、吹《ふ》きぬける風《かぜ》の音《おと》、さんさんと降《ふ》りそそぐ、太陽《たいよう》の光《ひかり》。

ぜんぶが、この一枚《まい》に閉《と》じこめられている気《き》がする。

「きれい……」

「すごいよね。まるで本当《ほんとう》に、このお庭《にわ》にいるみたいな気持《きも》ちになる。世界中《せかいじゅう》で、この絵《え》が愛《あい》されてるのがわかるよ」

クロトくんの瞳《ひとみ》は、その美《うつく》しい青色《あおいろ》に釘《くぎ》づけだった。

口《くち》もとはほころんでいて、本当《ほんとう》に、この絵《え》が好《す》きなんだなあって、そう思《おも》う。

ぱっと、クロトくんがこっちをむいた。

「あ……ごめん、ぼうっとしてたかも」

ううん、ってわたしは首《くび》を横《よこ》にふった。

「クロトくんの瞳《ひとみ》のなかに、『睡蓮《すいれん》』の青色《あおいろ》がゆらゆらってしてて、すごくきれいだった」

ふふって、わたしは思《おも》わず笑《わら》ったんだ。

「好《す》きなものを見続《みつづ》けると、瞳《ひとみ》のなかに、うつりこんじゃうのかも」

思《おも》ったままを言《い》ったら、クロトくんが、ぐっと息《いき》をのんだような気《き》がした。

「……今《いま》は？」

「えっ？」

クロトくんが、じいっとこっちを見《み》つめている。

さっきまで『睡蓮《すいれん》』の青《あお》がうつっていた瞳《ひとみ》には——ぽかん、としているわたしの姿《すがた》。

「好《す》きなものを見続《みつづ》けると、うつっちゃうんだよね。……今《いま》は、なにがうつってる？」

気《き》がつくと、クロトくんの顔《かお》がすぐそばにあった。

ドキッと、鼓動《こどう》が跳《は》ねる。

クロトくん、やっぱりいつもと雰囲気《ふんいき》がちがって……。

「——Hey《ヘイ》!」

ぱっと飛《と》びこんできた声《こえ》に、わたしたちは、そろってふりかえった。

……だれ？

すらっと背《せ》が高《たか》くて、左右《さゆう》にわけた長《なが》めの前髪《まえがみ》は、くしゃってきれいにくせがついてる。

うすい色《いろ》のついた眼鏡《めがね》に、派手《はで》なシャツが、すごくおしゃれだ。

「シキさん！」

こっちに走《はし》ってきたのは、ノアさんだった。

一瞬《いっしゅん》わたしと、それからS《エス》クラスのみんなのほうを見《み》て、むっとした顔《かお》をする。

ノアさんは、その男《おとこ》の人《ひと》をわたしたちに、っていうか、クロトくんに紹介《しょうかい》してくれた。……ノアさん、クロトくんのほうしか、見《み》てないもんね。

「加崎志木《かざきしき》さん。うちのチームのひとりで、詩花《しか》さんのお弟子《でし》さんなの。今回《こんかい》の飾《かざ》りつけに必要《ひつよう》なお花《はな》は、ぜんぶシキさんが手配《てはい》してくれたのよ」

ええ、すごい！

「ずっと海外《かいがい》で活動《かつどう》してたから、あたしたちも会《あ》うのは、今回《こんかい》が初《はじ》めてなの」

そしてノアさんは、ぱっとシキさんのほうをむいた。

「シキさん、今《いま》までどこ行《い》ってたの？　ミーティングサボりましたよね」

「あはは、ごめんねー、船《ふね》のなかで友人《ゆうじん》に会《あ》って、話《はな》してたんだ」

ぱちんってウィンクする。キザなのに、なんだかさまになってるんだ。

シキさんが、クロトくんに歩《あゆ》み寄《よ》った。

「きみ、先生《せんせい》の息子《むすこ》のクロトだろ。おれたちのあいだでは有名《ゆうめい》だよ。先生《せんせい》の息子《むすこ》さんは、すばらしい芸術家《げいじゅつか》だってね！」

シキさんが、がしっとクロトくんの肩《かた》に手《て》をまわした。

「あっちにフリードローイングのスペースがあるんだ。クロトも描《か》いてくれないかな」

「わっ……」

ほら早《はや》く、とシキさんはクロトくんをひきずるみたいに、つれていっちゃった。

そのさき、展示室《てんじしつ》の壁《かべ》には一《いっ》か所《しょ》だけ、真《ま》っ白《しろ》なところがあるんだ。

明日《あす》のパーティで招待《しょうたい》した人《ひと》たちに、絵《え》やサインを描《か》いてもらうんだって。

シキさんが、ニっと笑《わら》った。

「モネのとなりに絵《え》を描《か》けるなんて、こんな機会《きかい》、そうないぜ」

とたんに、クロトくんの目《め》が輝《かがや》いたのがわかった。シキさんが言《い》った。

「待《ま》っててくれ、今絵《いまえ》の具《ぐ》を用意《ようい》するから」

「あ、ぼく持《も》ってます。慣《な》れてる画材《がざい》がいいので、部屋《へや》から取《と》ってきますね」

かけだしたクロトくんを見《み》て、翔太《しょうた》くんが首《くび》をかしげた。

「クロト、なんで船《ふね》に画材《がざい》を持《も》ってきてるんだ？」

キヨくんが、たしかにとうなずく。

「なにか絵《え》でも描《か》いてるのかもな。乗船《じょうせん》したあとも姿《すがた》が見《み》えなかったし」

もどってきたクロトくんは、さっそくパレットに、絵《え》の具《ぐ》をしぼりだした。

ノアさんが、小《ちい》さなガラスのボウルに、たっぷりと水《みず》を入《い》れて持《も》ってきた。

「クロト、ほら、水《みず》も使《つか》うでしょ。あと布巾《ふきん》ね、ここおいとくわ」

「うん、ありがと」

へへって笑《わら》いあうふたりは、たしかに、お姉《ねえ》ちゃんと仲《なか》のいい弟《おとうと》、って感《かん》じだ。

クロトくんが、大《おお》きな筆《ふで》に、その絵《え》の具《ぐ》をたっぷりすくう。

すうっと息《いき》をすって、クロトくんが、筆《ふで》を壁《かべ》に走《はし》らせた、その瞬間《しゅんかん》。
――空気《くうき》が、変《か》わった気《き》がした。
筆先《ふでさき》からまたたくまに、彩《いろど》りがうみだされていく。
真《ま》っ白《しろ》なドレスを着《き》た女《おんな》の人《ひと》。
地平線《ちへいせん》からゆらゆらとのぼる、朱色《しゅいろ》の朝日《あさひ》。
次《つぎ》の瞬間《しゅんかん》には、さわやかな青《あお》が壁《かべ》に広《ひろ》がった。
真《ま》っ白《しろ》な睡蓮《すいれん》の花《はな》が――筆《ふで》のさきで、開《ひら》く。
「……モネの絵《え》を、組《く》み合《あ》わせてるんだわ」
紫乃《しの》さんが、ぽつりと言《い》った。
この場《ば》のだれもが、クロトくんに見《み》いっている。
わたしも……目《め》が、はなせないんだ。
ふいに、わっと拍手《はくしゅ》が起《お》きた。クロトくんの絵《え》が、完成《かんせい》したんだ。
翔太《しょうた》くんが、一番《ばん》に壁《かべ》にかけよった。
「すげえな、クロト……カッコいい絵《え》だなあ……！」
スタッフさんたちが、次々《つぎつぎ》と集《あつ》まるなか。

ぱっと腕《うで》をつかまれた。指先《ゆびさき》に色《いろ》とりどりの絵《え》の具《ぐ》がついたその手《て》は、クロトくんのものだ。

「ゆずちゃん、どうだった、ぼくの絵《え》」

「あ……すごかったよ！」

そう言《い》うと、満足《まんぞく》そうにクロトくんが笑《わら》う。

「ぼくだけ、見《み》ててくれた？」

そのクロトくんの瞳《ひとみ》には、ゆらゆらと炎《ほのお》が躍《おど》っている。

「もうすこし待《ま》ってて、ゆずちゃん――きみに、見《み》せたいものがあるから。そこに、ぼくの気持《きも》ちの、ぜんぶをこめたんだ」

いつもやさしくて、王子様《おうじさま》で、だから……わたしはどこかで安心《あんしん》してたのかもしれない。

本気《ほんき》になったらクロトくんは、きっとだれより情熱的《じょうねってき》なんだ。

その炎《ほのお》にとらわれたみたいに、わたしはクロトくんから、目《め》がはなせなかった。

ぜんぶってなんだろう。見《み》せたいものって、なんだろう。

どうしてだかわからないけど、瞳《ひとみ》に躍《おど》る炎《ほのお》を見《み》ていると……。

わたし、ドキドキしてたまらないんだ。

「――さて、仕事《しごと》を再開《さいかい》しようぜ」

シキさんが、ぱん、と手《て》をたたいた。

「明日《あす》のパーティまでに、ここの飾《かざ》りつけを終《お》わらせなくちゃな」

展示室《てんじしつ》のなかには、平《ひら》たい段《だん》ボール箱《ばこ》が、たくさん積《つ》みあげられていた。

なかにはお花《はな》がぎっしりとつまっている。

これが、シキさんが手配《てはい》したっていうお花《はな》たちだね。

まわりでは、黒《くろ》いシャツのスタッフさんが、あわただしく走《はし》りまわっていた。

「それなら、おれたちも手伝《てつだ》います」

声《こえ》をあげたのは、翔太《しょうた》くんだった。

「結城《ゆうき》から頼《たの》まれてるんです――ステラから『睡蓮《すいれん》』を守《まも》ってくれって」

シキさんの目《め》が、するどくなった。

「わかった、助《たす》かるよ」

ステラに『睡蓮《すいれん》』がねらわれていること、スタッフさんたちは知《し》ってるはずだもんね。

キヨくんがうなずいた。

「予告状《よこくじょう》が届《とど》いたってことは、ステラは変装《へんそう》して、船《ふね》のなかに入《はい》りこんでるはずだ」

「もうすでに、なにか仕掛《しか》けをしてるかもしれないよな」

油断《ゆだん》なく、翔太《しょうた》くんがあたりを見《み》まわす。

そのとなりで、クロトくんが『睡蓮《すいれん》』を見上《みあ》げた。

「この『睡蓮《すいれん》』はまちがいなく本物《ほんもの》だよ。絵《え》の具《ぐ》の劣化具合《れっかぐあい》から見《み》ても、描《か》かれたのは一九〇〇年代初期《ねんだいしょき》だし、なにより筆《ふで》のタッチとサインが、モネだ」

レオくんが目《め》をまるくした。

「わかるのか、クロト？」

「うん。モネは、ぼくの大好《だいす》きな画家《がか》だからね」

すごいなあ……!!　クロトくんは、前《まえ》にも、ニセモノの絵《え》を見破《みやぶ》ったことがあるんだよね。

シキさんが言《い》った。

「さっそくだけど、花《はな》の追加《ついか》を取《と》りに行《い》きたいんだ。ノアと、あと何人《なんにん》か、倉庫《そうこ》まで来《き》てくれるか――クロト、『睡蓮《すいれん》』に飾《かざ》る花《はな》の色《いろ》について、相談《そうだん》したいんだけどさ」

うなずいたクロトくんと、シキさんが話《はな》しながら展示室《てんじしつ》をでていく。

ここには紫乃《しの》さんとイオリさんが、ステラ対策《たいさく》で残《のこ》ってくれることになったんだ。

「おれたちも行《い》こうぜ」

翔太《しょうた》くんにうながされて、歩《ある》きだしたときだった。

「――ステラなんか、ホントに来《く》るの？」

氷《こおり》みたいなつめたい声《こえ》が、ふりかかった。ノアさんだ。

「きみたちが理由《りゆう》をつけて、クロトに近《ちか》づきたいだけじゃないの」

息《いき》をのむほどするどい視線《しせん》が、わたしたちをにらみつけている。

翔太《しょうた》くんが、ノアさんにむきあった。

「おれたちがクロトのこと、利用《りよう》してるみたいな言《い》い方《かた》、やめてください」

こういうとき、相手《あいて》が年上《としうえ》でもぜったいにひるまないのが、翔太《しょうた》くんだ。

意志《いし》の強《つよ》い視線《しせん》に、ノアさんが、ぐっと一歩《いっぽ》さがったのがわかった。

「……クロトは、きみたちのこと仲間《なかま》だって言《い》う。でもあたしは信《しん》じない。クロトはやさしいから、だまされてるってことに気《き》づいていないんだ」

「おれたち、クロトのことをだましたりなんてしてないですよ」

困惑《こんわく》したように、レオくんが言《い》った。

「最初《さいしょ》はみんなそう言《い》うの。でもそのうち、本性《ほんしょう》をあらわすんだ。……だから、あたしが、クロトを守《まも》るの……！」

ぱっとかけだしていったノアさんを、わたしたちはぼうぜんと見《み》おくった。

翔太《しょうた》くんが、とまどったように言《い》った。

「……ノアさん、なんであんなこと言《い》うんだろ」

レオくんが、ため息《いき》をついた。

「でも、必死《ひっし》って感《かん》じがする。おれたちの知《し》らないころに、クロトになにかあったのかな」

「ノアさん、クロトのこと本当《ほんとう》の弟《おとうと》みたいに、だいじにしてるっぽいからな」

キヨくんが、でも、と続《つづ》ける。

「おれたちがクロトのこと、だまそうとしているって誤解《ごかい》は、解《と》きたいよな」

「あたりまえだ！　おれたち、本物《ほんもの》の仲間《なかま》なんだからな」

行《い》こうぜ、とかけだした翔太《しょうた》くんを追《お》いかけながら。

わたしはひとつ、思《おも》いだしていたんだ。

クロトくんのことを〝弟《おとうと》〟って言《い》ったとき。ノアさんが見《み》せたあの表情《ひょうじょう》のこと。

あのかなしい笑顔《えがお》のわけを、知《し》りたいって、そのときそう思《おも》ったんだ。

# 5 イカサマを見《み》ぬけ！

エントランスからエレベーターにのって、船《ふね》の底《そこ》に近《ちか》いところでおりた。

「わあ！」

ドアがあいて、わたしは思《おも》わず声《こえ》をあげた。

そこは広《ひろ》い廊下《ろうか》や扉《とびら》がたくさんあって、いろんな人《ひと》たちが出入《では》りしてる。

船員《せんいん》さんは、セーラーカラーの真《ま》っ白《しろ》な制服《せいふく》。それに、コックさんの恰好《かっこう》をした人《ひと》や、スーツを着《き》た人《ひと》もいる。

『配電室《はいでんしつ》』『ボイラー室《しつ》』『リネン室《しつ》』……その一番奥《いちばんおく》が、目的《もくてき》の場所《ばしょ》だった。

廊下《ろうか》を進《すす》んださきで、シキさんが、大《おお》きなドアになにかのカードをかざした。

「ここは、食料用《しょくりょうよう》の船倉《せんそう》エリアなんだ。このエリアの冷蔵室《れいぞうしつ》を借《か》りてる。ＩＤ《アイディー》カードがないと入《はい》れなくて、スタッフでカードが発行《はっこう》されてるのは、おれだけなんだよ」

ぴっと音《おと》がして、ドアがあく。

「冷蔵室《れいぞうしつ》？」

翔太《しょうた》くんが聞《き》くと、シキさんがうなずいた。

「夏《なつ》だし、生花《せいか》は温度管理《おんどかんり》をしないと、枯《か》れちゃうから」

倉庫《そうこ》のなかもいろんなドアにわかれていて、廊下《ろうか》には休憩《きゅうけい》スペースがあった。

テーブルをかこんで、船員《せんいん》さんが三人《にん》とコック服《ふく》の人《ひと》がひとり、イスにすわっている。シキさんが、おどけたようにぱっと片手《かたて》をあげた。

「Hey《ヘイ》! 悪《わる》いけどお邪魔《じゃま》するよ」

「OK《オーケー》.」

わたしはおどろいた。

「みんな外国《がいこく》の人《ひと》だ……！」

「豪華客船《ごうかきゃくせん》って世界中《せかいじゅう》をまわるからな。お客《きゃく》さんも、船員《せんいん》さんやスタッフさんも、いろんな国《くに》の人《ひと》がいるんだよ」

外国《がいこく》の人《ひと》と話《はな》したり、旅《たび》をしたりするのは緊張《きんちょう》するけど、ちょっと楽《たの》しそうかも！

船員《せんいん》さんたちは四人《よにん》で輪《わ》になって、カードゲームをしてるみたいだった。

ひとりがそれぞれに、伏《ふ》せたままカードを二枚配《まいくば》る。それからテーブルの真《ま》ん中《なか》に、さらに別《べつ》のカードを広《ひろ》げた。

「ポーカーか」

キヨくんが言《い》った。

ポーカーって、手札《てふだ》と場《ば》におかれたカードで、役《やく》を作《つく》るゲームだよね。役《やく》っていうのは、カードの組《く》み合《あ》わせのこと。一番強《いちばんつよ》い組《く》み合《あ》わせを作《つく》った人《ひと》が勝《か》ちなんだ。

コック服《ふく》の人《ひと》が、ハハっと笑《わら》って、二枚《まい》の手札《てふだ》をテーブルに投《な》げた。

「ショーダウン！　おれの勝《か》ちだ！」

その瞬間《しゅんかん》だった。

「――なあ、今《いま》のってズルじゃねえの？」

翔太《しょうた》くんが、その手札《てふだ》をさした。

「今《いま》、自分《じぶん》の手札《てふだ》をだすふりをして、袖《そで》からだしたカードを使《つか》ったよな。そういうのって、ズルいんじゃねえの？」

シキさんが、ぎゅっとまゆを寄《よ》せる。

「……そんなの、見《み》えたか？」

わたしも、ちっともわからなかった……。

「変《へん》なこと言《い》うんじゃねえよ、ガキ」

「おれは見《み》たんだ、ウソじゃない」

翔太《しょうた》くんの首《くび》もとを、コック服《ふく》の人《ひと》ががっとつかみあげた。

「じゃあ証拠《しょうこ》見《み》せろよ！　ウソだったら、タダじゃおかねえからな」

わたしたちは、顔《かお》を見合《みあ》わせてうなずきあった。

だって、わたしたちはよく知《し》ってる。

翔太《しょうた》くんの動体視力《どうたいしりょく》がすごいってことも、ずるいことが嫌《きら》いだっていう、熱《あつ》い気持《きも》ちも。

こんなことで、ウソをつく人《ひと》じゃないってこともね。

わたしはみんなの輪《わ》からはなれて、すっと目《め》を閉《と》じた。


――……わたしには不思議《ふしぎ》な力《ちから》がある。

一度見《いちどみ》たものを、ぜったいに忘《わす》れないっていう力《ちから》。

これをわたしは、カメラアイって呼《よ》んでるんだ。

この力《ちから》のこと……実《じつ》はわたし、あんまり好《す》きじゃなかったんだ。

ウソつきだって、いじめられたこともあったから。

でも、S《エス》クラスのみんなは、わたしの力《ちから》をすごいって言《い》ってくれた。
……わたしのこと、仲間《なかま》だって。
だから、わたしも役《やく》に立《た》ちたいんだ。

**キュイイイン！**

この力《ちから》を使《つか》うときは、水《みず》のなかに背中《せなか》から沈《しず》んでいくみたいなイメージなの。
まわりを写真《しゃしん》みたいに、記憶《きおく》が吹《ふ》きあがっていく。
そのうちの一枚《まい》に、手《て》を伸《の》ばす。
最初《さいしょ》に配《くば》られた、二枚《まい》の手札《てふだ》……。
見《み》つけた。これだ！

わたしは手《て》を伸《の》ばして、手札《てふだ》のカードを裏返《うらがえ》した。
「……やっぱり。配《くば》られた手札《てふだ》には、左上《ひだりうえ》のところに小《ちい》さなキズがあった。でも今《いま》あなたがだしたカードには、その傷《きず》がないよ」

わたしは翔太《しょうた》くんとちがって、おこっている大人《おとな》の人《ひと》はこわいし、びくびくしちゃう。

でも……仲間《なかま》を守《まも》りたいって気持《きも》ちは、負《ま》けないから。

「それってそのカードが、最初《さいしょ》に配《くば》られたものと、ちがうってことですよね」

コック服《ふく》の人《ひと》が、ぐっとひるんだ。

「そ、そんなこと、わかるわけないだろ！」

「わかるよ。わたし、ぜんぶ覚《おぼ》えてるんだ」

クロトくんが続《つづ》けた。

「それによく見《み》ると、そのカード、一《いっ》か所《しょ》だけ光沢《こうたく》がちがうところがあるね。もしかしたら透明《とうめい》の塗料《とりょう》を塗《ぬ》って、手《て》ざわりを変《か》えてるのかな」

なるほどな、とつぶやいたのはキヨくんだ。

「指先《ゆびさき》の手《て》ざわりで種類《しゅるい》がわかるようにして、服《ふく》に仕込《しこ》んでおく。そして場《ば》のカードに合《あ》わせて、手札《てふだ》にまぜこんでだすんだ。典型的《てんけいてき》なイカサマだな」

船員《せんいん》さんたちが、あきれたようにコック服《ふく》の人《ひと》を見《み》てる。

ゲームはルールを守《まも》らなくちゃ、おもしろくないもんね。

「……っくそ！」

翔太《しょうた》くんの首《くび》もとをはなして、コック服《ふく》の人《ひと》が、逃《に》げるみたいに背《せ》をむけた。

「Sfortunato《スフォルトゥナート》. Questa《クエスタ》 é《エ》 la《ラ》 seconda《セコンダ》 persona《ペルソーナ》 oggi《オッジ》 a《ア》 dire《ディーレ》 qualcosa《クアルコーザ》 di《ディ》 fastidioso《ファスティディオーソ》……」

それを聞《き》きとることができたのは、たぶんレオくんだけだ。

すこし考《かんが》えて、レオくんが首《くび》をかしげた。

「あいつ妙《みょう》なこと言《い》ってたよ。母国《ぼこく》がイタリアなんだと思《おも》うけど――……〝ついてない、うるさいことを言《い》われるのは二度《ど》目《め》だ〟って」

二度《ど》目《め》？　イカサマを見破《みやぶ》られたのが、二回《かい》目《め》、ってことなのかな。

その言葉《ことば》が、なんだか妙《みょう》にひっかかったんだ。

一番奥《いちばんおく》にあった銀色《ぎんいろ》の扉《とびら》を、シキさんが、よいしょっとスライドさせた。

『冷蔵室《れいぞうしつ》』って書《か》いてある。

教室《きょうしつ》ぐらい広《ひろ》くて、上《うえ》から下《した》まで銀色《ぎんいろ》の棚《たな》がならんでる。

わたしは、翔太《しょうた》くんやシキさんを手伝《てつだ》うために、棚《たな》にかけよった。

「よいっしょ！」

息《いき》を合《あ》わせて台車《だいしゃ》にのせたのは、展示室《てんじしつ》にもあった生花用《せいかよう》の段《だん》ボール箱《ばこ》だ。

すごく大《おお》きくて平《ひら》べったい。長《なが》さはわたしの身長《しんちょう》ぐらい、横幅《よこはば》も片手《かたて》を広《ひろ》げたぐらいあるんだけど、高《たか》さは三十センチぐらいなの。

シキさんが、感心《かんしん》したように言《い》った。

「さっきのイカサマを見《み》つけたとき、きみたちすごかったなあ」

翔太《しょうた》くんが、得意《とくい》そうに胸《むね》をはる。

「おれたち、仲間《なかま》でいろんな事件《じけん》を解決《かいけつ》してるんです。五人《にん》いれば、ステラからだって、ぜったいに『睡蓮《すいれん》』を守《まも》りきって見《み》せますよ！」

「そっか……。実《じつ》はおれさ、先生《せんせい》から聞《き》いて、ちょっと心配《しんぱい》してたんだ」

シキさんが、わたしたちを見《み》まわした。

先生《せんせい》って、クロトくんのお母《かあ》さんのことだよね。

「クロトって小《ちい》さいころ、体《からだ》が弱《よわ》かったんだろ。それで、友《とも》だちとうまくやってるのかなって、先生《せんせい》、心配《しんぱい》してた」

クロトくんが、ふっと笑《わら》った。

「もう、心配《しんぱい》いらないですよ」

クロトくんは小《ちい》さいころ、よく寝込《ねこ》んで、あんまり遊《あそ》びにも行《い》けなくて、友《とも》だちもいなかったんだって、聞《き》いたことがある。

でも初等部《しょとうぶ》で翔太《しょうた》くん、レオくん、キヨくんと出会《であ》った。

ときどき学校《がっこう》を休《やす》んでいたクロトくんの家《いえ》に、三人《にん》はお見舞《みま》いに行《い》ったり、遊《あそ》びに行《い》ったりしてたんだって。

だからクロトくんは、この四人《よにん》の絆《きずな》を大切《たいせつ》にしている。

「翔太《しょうた》と、キヨ、レオ……それから、ゆずちゃん」

ぱっと合《あ》ったクロトくんのその瞳《ひとみ》が、なんだかとても誇《ほこ》らしく見《み》えて、うれしかった。

「ぼくたち、仲間《なかま》ですから」

わたしだけ、出会《であ》ったのが遅《おそ》かったけど、でもちゃんと仲間《なかま》なんだよって。

そう言《い》ってくれているみたいだったから！

そのときだった。

——ガタンッ！

音《おと》にぱっとふりかえると、ノアさんが、台車《だいしゃ》に乱暴《らんぼう》に箱《はこ》を積《つ》んだところだった。

ぐっとくちびるをかみしめて、なにかをこらえるみたいな顔《かお》をしている。

「ノア？」

クロトくんの声《こえ》に、ノアさんはこっちをむいた。

翔太《しょうた》くん、レオくん、キヨくん――そして射《い》るような目《め》で、わたしを見《み》る。

「あたし、さきもどる」

「あ、おい、ノア！」

シキさんがあわてて台車《だいしゃ》を押《お》して、飛《と》びだしていったノアさんを追《お》いかけていった。

ノアさんとすれちがう瞬間《しゅんかん》。わたしは聞《き》いてしまったの。


「――クロトには、あたしだけだったのに」

かなしくて苦《くる》しくて、押《お》しつぶされてしまいそうな声《こえ》だった。


――苦《にが》い顔《かお》をしたのは、クロトくんだった。

「ごめんね。ノアが、いやな思《おも》いさせたかも」

「おれたちはだいじょうぶだけどさ。ノアさん、どうしたんだ？」

とまどったような翔太《しょうた》くんに、クロトくんが言《い》った。

「ノアは……ぼくのことを心配《しんぱい》してるんだ。本当《ほんとう》の、お姉《ねえ》ちゃんみたいに」

残《のこ》りの台車《だいしゃ》を押《お》して、冷蔵室《れいぞうしつ》をでる。

廊下《ろうか》を歩《ある》きながら、クロトくんが話《はな》してくれた。

「小《ちい》さいころ……ぼくが寝込《ねこ》んでいると、よくいやな人《ひと》たちが来《き》たんだ」

その話《はなし》は、わたしたちも知《し》っている。

クロトくんは小《ちい》さいころから、絵《え》のすごい才能《さいのう》があった。

だから絵《え》を描《か》いてくれって言《い》う大人《おとな》が、いっぱい来《き》たんだよね。

……クロトくんの絵《え》を、お金《かね》でしか見《み》ない人《ひと》たちだ。

「ぼくの家族《かぞく》も有名《ゆうめい》だったからさ。ぼくの絵《え》だけじゃなくて、父《とう》さんの写真《しゃしん》がほしいとか、母《かあ》さんへ仕事《しごと》を頼《たの》みたいとか、いろいろ言《い》われたんだ」

「家族《かぞく》に取《と》りいるために、クロトくんを利用《りよう》しようって思《おも》ってたんだね」

翔太《しょうた》くんも、レオくんも、キヨくんも、真剣《しんけん》な顔《かお》でうなずいた。

……この三人《にん》にとっても、めずらしいことじゃないって、わたしは知《し》ってる。

お父《とう》さんのために。家族《かぞく》が有名《ゆうめい》だから。お仕事《しごと》が華《はな》やかだから。

そういう理由《りゆう》で、みんな利用《りよう》されそうになってた。

その話《はなし》を聞《き》くたびに、わたしは、ぎゅうって胸《むね》が痛《いた》くなるんだ。

「初等部《しょとうぶ》に入《はい》る前《まえ》……たまたま体《からだ》の調子《ちょうし》がよくて、近《ちか》くの公園《こうえん》に遊《あそ》びに行《い》ったんだ」

クロトくんが続《つづ》けた。

「ひとりで絵《え》を描《か》いてたんだけど、いっしょに遊《あそ》ぼうよって、近所《きんじょ》の子《こ》に声《こえ》をかけられた」

クロトくんの笑顔《えがお》は、どんどんかなしく、さびしくなっていく。

「最初《さいしょ》はうれしくて、ブランコや、すべり台《だい》で遊《あそ》んだんだけど……その子《こ》たちのお父《とう》さんやお母《かあ》さんが言《い》っていること、聞《き》いちゃったんだよ」

——クロトくんのおうちは、お金持《かねも》ちだから、仲《なか》よくなっておきなさい。

——すごい芸術《げいじゅつ》家《か》の家族《かぞく》がいるんだ。なにか描《か》いてもらえるかもしれない。

「そんなの、友《とも》だちじゃない……」

わたしは言《い》った。そのときのクロトくんの気持《きも》ちを考《かんが》えたら、泣《な》きそうだった。

「ぼくも、かなしくて……でもそのとき、大人《おとな》に言《い》ってくれた人《ひと》がいた——ノアだよ」

かなしい思《おも》い出《で》のなかに、ひまわりみたいな明《あか》るい笑顔《えがお》が、ぱあっと飛《と》びこんできたみたいだった。

——クロトを、あんたたちに利用《りよう》させたりしない！

「みんなを追《お》いはらってくれて、泣《な》きそうだったぼくにノアは言《い》ってくれたんだ――あたしが、クロトのことをずっと守《まも》るから、って」

わたしは、じわっと心《こころ》があったかくなるのを感《かん》じた。

「カッコいい……！」

まだノアさんだって、子《こ》どもだったのに。

クロトくんを守《まも》るためにきっと、勇気《ゆうき》をふりしぼったんだ！

ふにゃっ、とクロトくんが笑《わら》った。

「うん……ノアは、カッコよくて、やさしいお姉《ねえ》ちゃんなんだ」

それは、ちょっと甘《あま》えるみたいな、気《き》のおけない〝弟《おとうと》〟の顔《かお》だったんだ。

レオくんが、なるほどな、とつぶやいた。

「おれたちも、クロトを利用《りよう》しようと近《ちか》づいてるって、思《おも》われてる。ノアさんは、クロトを守《まも》ろうとしてるんだな」

あのつめたい目《め》は、その強《つよ》い気持《きも》ちのあらわれなんだね。

翔太《しょうた》くんが顔《かお》をあげた。

「でもそれがくやしい。おれたちは本物《ほんもの》の仲間《なかま》なんだって、わかってもらいたい！」

瞳《ひとみ》の奥《おく》に、ちらちらと炎《ほのお》が揺《ゆ》れている。

「証明《しょうめい》しようぜ。おれたちが、クロトの仲間《なかま》にふさわしいんだって」

こういうとき、まっさきに道《みち》を示《しめ》してくれるのは、いつだってぜったいに翔太《しょうた》くんなんだ。

「まずは展示《てんじ》の準備《じゅんび》を手伝《てつだ》って、ステラもつかまえる！　やるぞ！」

翔太《しょうた》くんが台車《だいしゃ》を押《お》しながらかけていった。

「おい、翔太《しょうた》！　やる気《き》なのはいいけど、台車押《だいしゃお》しながら走《はし》るな！」

あきれたようなレオくんは、でもちょっと口《くち》もとが笑《わら》ってる。

よし、わたしもがんばらなくちゃ！

そう思《おも》いながら、わたしはふと立《た》ちどまった。

——クロトには、あたしだけだったのに。

ノアさんの、さっきの言葉《ことば》。

それにクロトくんのこと〝弟《おとうと》〟って言《い》ったときの、かなしそうな笑顔《えがお》を思《おも》いだす。

クロトくんは、ノアさんのこと、大切《たいせつ》なお姉《ねえ》さんみたいな人《ひと》だって思《おも》ってる。

でもノアさんは……。

本当《ほんとう》はクロトくんのこと、どう思《おも》ってるんだろう。

## 6　展示室《てんじしつ》のお手伝《てつだ》い

外《そと》は、星《ほし》が降《ふ》りそそぐような夜《よる》だった。

台車《だいしゃ》を押《お》してもどってきた展示室《てんじしつ》は、ぐっと空気《くうき》が重《おも》たかった。

「ノアさんが、さっきから一言《ひとこと》もしゃべらないの」

展示室《てんじしつ》に残《のこ》ってくれていた紫乃《しの》さんが、そう言《い》った。

ノアさんは、『睡蓮《すいれん》』の前《まえ》で、お花《はな》を手《て》に取《と》ったり、またもどしたり、どこかぼんやりしているように見《み》える。

シキさんも、困《こま》っているみたいだった。

「『睡蓮《すいれん》』の飾《かざ》りつけは、ノアにまかせてるんだ。このまま調子《ちょうし》がもどらないと困《こま》るな」

わたしたちは、顔《かお》を見合《みあ》わせた。翔太《しょうた》くんが代表《だいひょう》して言《い》う。

「おれたち、ノアさんが調子取《ちょうしと》りもどすまで、手伝《てつだ》います」

ノアさんの調子《ちょうし》があんまりよくないのって、きっとわたしたちにも責任《せきにん》があるから。

展覧会《てんらんかい》を成功《せいこう》させるために、わたしたちもがんばらなくちゃ！

最初《さいしょ》にかけだしたのは翔太《しょうた》くんだった。

扉《とびら》の近《ちか》くで、脚立《きゃたつ》にのっている人《ひと》を見上《みあ》げる。手《て》には長《なが》いツタをかかえていて、飾《かざ》りつけるのに困《こま》っているみたい。

「おれ手伝《てつだ》いますよ。高《たか》いところ、得意《とくい》なんで」

脚立《きゃたつ》の上《うえ》のスタッフさんが、とまどったように翔太《しょうた》くんを見下《みお》ろした。

「入《い》り口《ぐち》にツタをさげたいんだけど、床《ゆか》がちょっとナナメになってるんだよね。脚立《きゃたつ》を寄《よ》せられなくて、入《い》り口《ぐち》の天井《てんじょう》に、手《て》が届《とど》かないんだ」

翔太《しょうた》くんが、ニヤっと笑《わら》った。

「おれならできますよ」

スタッフさんと交替《こうたい》で、ひょいっと脚立《きゃたつ》にのぼる。

「扉《とびら》の下《した》、支《ささ》えておいてもらえますか」

「え、ああ」

翔太《しょうた》くんは、脚立《きゃたつ》から半分《はんぶん》あいた扉《とびら》の上《うえ》に、ぴょんっと飛《と》びのった。

えぇっ⁉　いくら分厚《ぶあつ》い扉《とびら》だからって、十《じゅっ》センチもないんだよ⁉　……すごい！

「これを扉《とびら》の上《うえ》の……天井《てんじょう》につければいいんですよね」

その細《ほそ》い場所《ばしょ》にひょいっと立《た》って、次々《つぎつぎ》とツタを天井《てんじょう》に飾《かざ》りつけていくんだ。

ものの十分《じゅっぷん》ぐらいで終《お》えて、翔太《しょうた》くんはまたひょいっと扉《とびら》から飛《と》びおりた。

「よっと」

着地《ちゃくち》までに、くるっと宙返《ちゅうがえ》りをはさむ余裕《よゆう》まである……。

まわりから、おおーっと歓声《かんせい》があがった。

天井《てんじょう》からは、ツタに飾《かざ》られたお花《はな》が、雨《あめ》みたいに降《ふ》りそそいでいる。

それが幻想的《げんそうてき》で、すっごくきれいなの！

「すごい、お花《はな》のカーテンみたいだ……！」

その扉《とびら》のすぐ横《よこ》では、レオくんが、女性《じょせい》のスタッフさんに声《こえ》をかけていた。

「スタッフさんたちの服《ふく》も、『モネ』っぽくしてもいいかもしれないですよ」

スタッフさんたちはみんな、シャツと黒《くろ》のズボンって組《く》み合《あ》わせだ。

カッコいいけど、たしかに華《はな》やかさがたりないかも？

レオくんがあたりを見《み》まわした。

「お花《はな》って、あまってるやつがありますよね」

床《ゆか》には使《つか》われなかったお花《はな》が、小《ちい》さな山《やま》になっているんだ。

スタッフのお姉《ねえ》さんが、肩《かた》をすくめた。

「長《なが》さがたりなかったり、花《はな》びらが欠《か》けてたりして、使《つか》えないものよ」

「十分《じゅうぶん》です」

レオくんがお花《はな》をいくつか手《て》に取《と》った。

「たとえば……——失礼《しつれい》」

レオくんがそれを、お姉《ねえ》さんのシャツのポケットに、すっとさした。

真《ま》っ白《しろ》な蓮《はす》のお花《はな》に、小《ちい》さな緑《みどり》の葉《は》、オレンジのマリーゴールドのつぼみが、鮮《あざ》やかなアクセントになっている。

「胸《むね》にこうしてお花《はな》をさすだけで、雰囲気《ふんいき》がでると思《おも》うんです」

うわああ、かわいい！

お姉《ねえ》さんのポケットから、花束《はなたば》があふれだしてるみたい！

お姉《ねえ》さんは、もうびっくりして、顔《かお》を真《ま》っ赤《か》にしていた。

「すごい……あの、か、かわいいです！」

「おれはお手伝《てつだ》いをしただけです。かわいいのはあなたですよ」

ああ、お姉《ねえ》さんの目《め》が完全《かんぜん》にハートになってる。

さすがレオくん……。

ああいうのは、無理《むり》だけど。でも、わたしにだって得意《とくい》なことがあるんだ！

わたしは、ゴミ袋《ぶくろ》を両手《りょうて》に持《も》って、あたりを見《み》まわした。

えっと、ここのやつをこうして、これは集《あつ》めて……。あっ、ここは、上《うえ》にそろえちゃうのもいいんじゃない？

そうやって、あちこち走《はし》りまわって、しばらくしたあとだった。

「——あれ、ここにあったゴミ、片付《かたづ》けてくれたのだれ？」

「備品《びひん》が整理《せいり》されてる。わかりやすくて助《たす》かる……！」

そういう声《こえ》が聞《き》こえてきて、わたしはふふって笑《わら》った。

「ここにペンとかまとめてます。テープはこっち、ゴミは、燃《も》えるものと燃《も》えないもので袋《ふくろ》をわけました」

わたし、学校《がっこう》では美化委員《びかいいん》なんだよね。

だから必要《ひつよう》なものを整理《せいり》したり、ゴミを分別《ぶんべつ》したりするのは、得意《とくい》なんだよ。

ちょっと地味《じみ》な特技《とくぎ》って思《おも》うんだけど……。

「ありがと、すごく助《たす》かるよ！」

こうやってほめてもらえると、大切《たいせつ》なことだったんだって思《おも》えるから。

やっぱり、うれしいな！

「――じゃあぼくは、壁《かべ》を飾《かざ》ろうかな」

クロトくんも、あまったお花《はな》を手《て》に壁《かべ》にむかった。

真《ま》っ白《しろ》な壁《かべ》に、睡蓮《すいれん》や葉《は》っぱ、花《はな》びらを次々《つぎつぎ》に貼《は》りつけていく。

紫乃《しの》さんが、目《め》をまるくした。

「……『睡蓮《すいれん》』だわ」

お花《はな》を絵《え》の具《ぐ》のかわりにして『睡蓮《すいれん》』を再現《さいげん》してるんだ！

青《あお》いお庭《にわ》から、美《うつく》しいお花《はな》があふれだしてくるみたい。

「すごいよ、クロトくん！　お花《はな》が本物《ほんもの》の絵《え》の具《ぐ》みたい！」

そう言《い》うと、クロトくんはどこか、意味深《いみしん》に笑《わら》った。

「たくさん、練習《れんしゅう》したからね」

練習《れんしゅう》って？　わたしが、きょとんとしたときだった。

「おれも手伝《てつだ》うよ」

そう言《い》ったのは、手《て》にいっぱいお花《はな》をかかえた……キヨくんだ。

「クロトのアイデア、いいよな。おれも壁《かべ》を飾《かざ》りつけてみる」

とたんにクロトくんが、表情《ひょうじょう》を硬《かた》くする。

「あの……無理《むり》はよくないよ、キヨ」

「ああ。もちろん、クロトにはかなわないだろうけど、おれも得意《とくい》なんだ、こういうの」

キヨくんが、手《て》に持《も》った花《はな》を、ぺたり、と壁《かべ》に貼《は》りつけた。

お花《はな》も、ぺたり。葉《は》っぱも、ぺたり。

……う、うーん。

花束《はなたば》っぽいものを作《つく》ろうとしてる、のかな？

でもどっちかっていうと、ずもももって伸《の》びた……悪魔《あくま》の手《て》みたいだ。

キヨくんは、自分《じぶん》の作品《さくひん》を見《み》つめて、得意《とくい》そうに腕《うで》を組《く》んだ。

「うん、なかなかいいんじゃないか」

そのとなりで、クロトくんが、頭《あたま》をかかえている。

「どうして地獄《じごく》の作品《さくひん》みたいになるんだ……花《はな》がかわいそうだよ」

……キヨくんって、なんでもできるのに、実《じつ》はものすごく手先《てさき》が不器用《ぶきよう》なんだよね。

でも自分《じぶん》では、けっこうできる、って思《おも》っちゃってるみたい……。

「もうひとつくらい、なにか作《つく》るか」

「いや、待《ま》ってキヨ、もういいんじゃないかな、十分《じゅうぶん》だよ！」

クロトくんが、必死《ひっし》にキヨくんをとめたときだった。

「ねえ、よければ、ぼくの練習《れんしゅう》につきあってくれないかな」

ふりかえると、イオリさんが立《た》っていた。片手《かたて》にヴァイオリンを持《も》っている。

そういえばイオリさんって、ヴァイオリンが得意《とくい》なんだっけ。

「明日《あす》のパーティで披露《ひろう》する曲《きょく》なんだけど、よかったら、歌《うた》ってもらえないかな」

イオリさんの演奏《えんそう》で、キヨくんが歌《うた》うの⁉

ホワイトデーのときも、たしか披露《ひろう》してくれたんだよね！

「ああ、かまわないけど」

うなずいたキヨくんに、イオリさんがちらっと目《め》くばせをする。

さっとヴァイオリンをかまえて――。

きぃ、とやわらかな音《おと》が――ひびきはじめた。

ほろほろと流《なが》れるその音《おと》は、春《はる》のひだまりみたい。

とろん、と眠《ねむ》たくなるくらい、心地《ここち》がいいんだ。

まぶたを伏《ふ》せたイオリさんは、まるで体中《からだじゅう》で、自分《じぶん》の音楽《おんがく》にひたっているみたいで。

ふいに、その音《おと》がとまった瞬間《しゅんかん》。

キヨくんのやわらかな声《こえ》が、こぼれた。


――Freude《フロイデ》, schöner《シュエーネル》 Götterfunken《ゲッテルフンケン》, Tochter《トフタル》 aus《アオス》 Elysium《エリュイジウム》……


「ああ、第《だい》九《く》だ……」

レオくんが言《い》った。

「ベートーベンの交響曲第九番《こうきょうきょくだいきゅうばん》……『歓喜《かんき》の歌《うた》』だよ」

いつのまにかみんなが手《て》をとめて、歌声《うたごえ》に聞《き》きいっている。

キヨくんの歌声《うたごえ》は、天使《てんし》みたいって言《い》われてたこともあるんだ。

目《め》を閉《と》じると、ずっと空《そら》の高《たか》いところを飛《と》んでいるような気《き》がして。

なんだか、泣《な》きそうなくらい幸《しあわ》せで……。

いつのまにか歌《うた》が終《お》わっても、みんなしばらくぼうっとしていたと思《おも》う。

やがて、いっせいに拍手《はくしゅ》がなった。

顔《かお》を輝《かがや》かせた紫乃《しの》さんが、ふたりにかけよる。

「すばらしいわ！　イオリのヴァイオリンも、やっぱり大好《だいす》きよ！」

「大好《だいす》き!?」

イオリさんが、ぱっと目《め》を見開《みひら》いた。

「紫乃《しの》ちゃん、今《いま》、大好《だいす》きって！」

「……ヴァイオリンが、大好《だいす》きなの」

しっかりそう言《い》って紫乃《しの》さんが、キヨくんのほうをむいた。

「佐次《さじ》くん、ぜひ明日《あす》のパーティでも歌《うた》ってほしいわ」

わたしも、キヨくんにかけよった。

「すごかったよ、キヨくん、ホントにきれいだった！」

キヨくんは一瞬《いっしゅん》、笑《わら》いかけて、でもすぐに、困《こま》ったように視線《しせん》をそらした。

あ……そうだ、わたし、キヨくんとギクシャクしてたんだった。

……ぐっと手《て》をにぎりしめて、キヨくんを見《み》つめる。

目《め》も合《あ》わせてくれないなんて、さびしいなあ、なんて。

ちょっとだけ、そう思《おも》っちゃったんだ。

でもキヨくんの天使《てんし》の歌声《うたごえ》と、イオリさんのヴァイオリンのおかげで、ぴりぴりしていた展示《てんじ》室《しつ》の空気《くうき》は、やわらかくなったような気《き》がした。


作業《さぎょう》も順調《じゅんちょう》に進《すす》んで、窓《まど》の外《そと》の夕日《ゆうひ》が、すっかり沈《しず》んだころ。

「——今日《きょう》はここまでにしよう」

シキさんが、みんなをぐるっと見《み》まわした。

「あとは『睡蓮《すいれん》』の装飾《そうしょく》だけだな」

ノアさんが、ふっと視線《しせん》をそらす。

『睡蓮《すいれん》』のまわりだけ、まだ半分《はんぶん》も飾《かざ》りつけが終《お》わっていないみたいなんだ。

スタッフさんが言《い》った。

「シキさん、花《はな》の箱《はこ》どうしますか。ここだと温度《おんど》がちょっと高《たか》いです」

「冷蔵室《れいぞうしつ》にもどすのも面倒《めんどう》だろ。となりの部屋《へや》を倉庫《そうこ》がわりに借《か》りてるんだ。花《はな》はそっちに移動《いどう》させよう——でも、まずは休憩《きゅうけい》しようぜ」

シキさんの言葉《ことば》に、スタッフさんたちがみんな、展示室《てんじしつ》からでていったあと。わたしたちとシキさん、そして警備員《けいびいん》さんだけが残《のこ》された。

「きみたちはどうする？　ここは明日《あす》の作業《さぎょう》まで鍵《かぎ》をかけて、警備員《けいびいん》さんが守《まも》ってくれるみたいだけど」

キヨくんがうなずいた。

「それなら安心《あんしん》です。おれたちも、花《はな》を移動《いどう》させるのを手伝《てつだ》ったら、部屋《へや》にもどります」

そうか、とシキさんが言《い》った。

「いやあ、最初《さいしょ》はどうなるかわからなかったけど、みんなのおかげで助《たす》かったよ」

そして、一言《ひとこと》も話《はな》さなかったノアさんのほうをむいた。

「ノア、きみもお礼《れい》を言《い》ったほうがいいんじゃないか。彼《かれ》らが手伝《てつだ》ってくれたから、パーティに間《ま》に合《あ》いそうだ」

ぐっと、息《いき》をのむ音《おと》がした。

ノアさんはすごくくやしそうで、不安《ふあん》そうで、今《いま》にも、泣《な》いてしまいそうに見《み》える。

「ねえ、ノア」

クロトくんが、ノアさんにむきあった。

「みんなは、ぼくのことを利用《りよう》しようとした人《ひと》とはちがう。大切《たいせつ》な仲間《なかま》だよ」

「……信《しん》じない」

ノアさんが、しぼりだすように、言《い》った。

「あの子《こ》たちだって、最初《さいしょ》はそう言《い》った。クロトのこと、仲間《なかま》だって、友《とも》だちだって」

でも、とノアさんが顔《かお》をあげる。

「最後《さいご》は、クロトのことを裏切《うらぎ》った。利用《りよう》しようとした！　だからあたしが、クロトのことを守《まも》るんだ——」

その瞬間《しゅんかん》だった。ぱっと、電気《でんき》が消《き》えた。

「なんだ⁉」

叫《さけ》んだのは、翔太《しょうた》くんだ。

そして——。


ドオンっ‼

外《そと》から、なにかが爆発《ばくはつ》するような音《おと》がしたんだ！

# 7　ステラがあらわれた⁉

「――爆発《ばくはつ》⁉　ステラかっ⁉」

最初《さいしょ》に展示室《てんじしつ》を飛《と》びだしたのは、翔太《しょうた》くんだった。わたしたちもあとを追《お》う。

廊下《ろうか》は真《ま》っ暗《くら》だったんだけど、すぐに緑色《みどりいろ》の光《ひかり》がともった。翔太《しょうた》くんが、メインデッキのほうに走《はし》っていく。

「船《ふね》はメインの電気《でんき》が消《き》えても、すぐ非常灯《ひじょうとう》がつく。だいじょうぶだ」

キヨくんの声《こえ》は、こんなときでも冷静《れいせい》だ。

展示室《てんじしつ》にはすぐに、何人《なんにん》も警備《けいび》の人《ひと》がかけつけてくれた。

「展示室《てんじしつ》は警備《けいび》の人《ひと》にまかせる。おれは、休憩《きゅうけい》してるスタッフを呼《よ》んでくる！」

シキさんがてきぱきと指示《しじ》をだす。

「翔太《しょうた》を追《お》いかけよう、メインデッキにステラがいるかもしれない！」

レオくんの声《こえ》で、わたしたちは走《はし》りだした。

廊下《ろうか》も、エントランスも大《おお》さわぎになってる。

なんとか、メインデッキにたどりついた瞬間《しゅんかん》だった。

空《そら》を火《ひ》の玉《たま》が、かけあがる。

――ドォンっ!!

ぱあんっと、弾《はじ》けるみたいに、空《そら》に大《おお》きな花《はな》が咲《さ》いた。

「……花火《はなび》？」

さっきの爆発音《ばくはつおん》って、花火《はなび》だったの!?

翔太《しょうた》くんが、こっちにもどってくる。気《き》がぬけたみたいにきょとんとしていた。

「なあ、どうなってんだ。花火《はなび》あがってるけど、イベントかなにかか？」

首《くび》を横《よこ》にふったのは、追《お》いついてきた紫乃《しの》さんだった。

「いいえ。今日《きょう》のスケジュールに、花火《はなび》の打《う》ちあげはないはずよ」

予定《よてい》にない花火《はなび》……。

「ねえ、やっぱりこの花火《はなび》、ステラのしわざってこと、ないかな」

わたしが言《い》うと、みんなが顔《かお》を見合《みあ》わせた。紫乃《しの》さんが言《い》った。

「打《う》ちあげは、配電室《はいでんしつ》で管理《かんり》されてるはずよ」

わたしたちはうなずきあって、もう一度《いちど》、エントランスに飛《と》びこんだんだ。

エレベーターで下《した》におりて、ドアがあいた瞬間《しゅんかん》。

わたしは、あれって思《おも》った。廊下《ろうか》の電気《でんき》がついてる……。

ばたばたと忙《いそが》しそうに走《はし》ってきた船員《せんいん》さんたちが、話《はな》しているのが聞《き》こえた。

「メインデッキから、船尾《せんび》まで、船《ふね》の上半分《うえはんぶん》が停電《ていでん》だってさ」

「配電室《はいでんしつ》で、だれかがブレーカーを落《お》としたらしいぜ。もうすぐ復旧《ふっきゅう》するってさ」

わたしたちは、顔《かお》を見合《みあ》わせた。

「やっぱり、だれかがわざと停電《ていでん》させたんだ」

キヨくんが、腕《うで》を組《く》んだときだった。翔太《しょうた》くんが、そのドアをさした。

「……なあ、あそこって、非常口《ひじょうぐち》だよな」

エレベーターのすぐそばの、小《ちい》さなドアだ。

「ドアがあいてる」

わたしはつぶやいた。ドアに細《ほそ》い隙間《すきま》があいている。

まるで今《いま》、だれかが慌《あわ》てて、非常口《ひじょうぐち》にかけこんでいったみたいに。

みんなで顔《かお》を見合《みあ》わせてドアをあける。むこう側《がわ》には階段《かいだん》が、上下《じょうげ》にずっとつらなっていた。

するどい視線《しせん》で翔太《しょうた》くんが言《い》った。

「聞《き》こえるよな」

カン、カン、と鉄《てつ》の階段《かいだん》をかけおりる音《おと》だ。だれか、いるんだ！

だれともなしに、わたしたちは階段《かいだん》を下《した》にむかって、おりはじめたんだ。

やがて、一階分《いっかいぶん》ぐらい下《した》に、人影《ひとかげ》が見《み》えた。

手《て》すりの隙間《すきま》から、その人《ひと》がばっとこっちをふり仰《あお》ぐ。あれ、あの人《ひと》って……。

「なあ」

翔太《しょうた》くんが声《こえ》をかけた瞬間《しゅんかん》、その人《ひと》が走《はし》りだした。

ガンガンと大《おお》きな足音《あしおと》を立《た》てながら、かけおりていく。

「さては、お前《まえ》がステラか！」

叫《さけ》んだ翔太《しょうた》くんが、階段《かいだん》の手《て》すりに、がんっと足《あし》をかけた。

「翔太《しょうた》!?　待《ま》て！」

レオくんが手《て》を伸《の》ばすより早《はや》く、翔太《しょうた》くんは階下《かいか》にむかって、ばっと飛《と》びおりたんだ！

うわーっ！

あわてて下《した》を見《み》ると、翔太《しょうた》くんが、ちょうど真下《ました》の踊《おど》り場《ば》に着地《ちゃくち》したところだった。

ダンっと、階段《かいだん》が揺《ゆ》れる！

とつぜん目《め》の前《まえ》に降《ふ》ってきた翔太《しょうた》くんに、逃《に》げていた人《ひと》が声《こえ》をあげた。

「うわっ！」

「つかまえたぁ！」

わたしたちがかけつけたときには、翔太《しょうた》くんが下敷《したじ》きにしたその人《ひと》の顔《かお》を、のぞきこんでいた。

「こいつ、さっき倉庫《そうこ》で、イカサマポーカーやってたヤツじゃないか」

キヨくんが目《め》をまるくした。わたしたちに、イカサマを見《み》ぬかれたコック服《ふく》の人《ひと》だ。

「この人《ひと》がステラだったんだ……」

そう言《い》ったクロトくんに、翔太《しょうた》くんは首《くび》を横《よこ》にふった。

「いや、ステラなら、おれのことよけられたはずだ」

そっか、ステラって翔太《しょうた》くんとおなじぐらい、運動神経《うんどうしんけい》がいいんだ。

こんなふうにカンタンに、下敷《したじ》きになったりしないはず……。

「じゃあどうして停電《ていでん》させたり、花火《はなび》を打《う》ちあげたりしたんだ？　ステラに頼《たの》まれたのか？」

レオくんが聞《き》くと、コック服《ふく》の人《ひと》はむっとした顔《かお》をした。

「ステラなんか知《し》らねえよ。おれが頼《たの》まれたのは、厨房《ちゅうぼう》のスタッフだ。男《おとこ》だったよ。……そいつにも、イカサマを見破《みやぶ》られたんだ」

「ああ、そういえば言《い》ってたな。うるさいことを言《い》われるのは二度目《どめ》だ、って」

レオくんが、あのとき聞《き》いたんだよね。

「そいつに頼《たの》まれたんだよ。イカサマのことを黙《だま》っててやるかわりに、この時間《じかん》に停電《ていでん》させて、花火《はなび》を打《う》ちあげてくれ、って」

コック服《ふく》の人《ひと》が、苛立《いらだ》ったように舌打《したう》ちをした。

「くそっ……手伝《てつだ》わなきゃよかったぜ――プロポーズのサプライズなんか！」

……へ？　プロポーズ？

翔太《しょうた》くんがぽかん、としたまま言《い》った。

「まさか、停電《ていでん》と花火《はなび》の理由《りゆう》って……プロポーズ⁉」

「ああ、そうだよ！　電気《でんき》を消《け》すのは、花火《はなび》が見《み》づらくなるからだってさ」

翔太《しょうた》くんが、がくっと肩《かた》を落《お》とした。

「まぎらわしいなあ！」

「そいつ、船長《せんちょう》に許可《きょか》は取《と》ってあるって言《い》ってたんだ。だから、おれは悪《わる》くない！　それなのにまわりは慌《あわ》ててるし、大《おお》さわぎになって……」

「それで、非常階段《ひじょうかいだん》で逃《に》げだした、ってとこか」

キヨくんがあきれたような顔《かお》を見《み》せた、すぐあと。

紫乃《しの》さんが呼《よ》んでくれた船員《せんいん》さんたちが、かけつけてくれた。

船《ふね》は大《おお》さわぎだし、コック服《ふく》の人《ひと》は事情《じじょう》を聞《き》くためにつれていかれちゃったんだ。

電気《でんき》はすっかりもどって、花火《はなび》もサプライズだって放送《ほうそう》があった。

それで混乱《こんらん》は収《おさ》まったみたい。

わたしたちが展示室《てんじしつ》にもどると、警備《けいび》の人《ひと》たちが何人《なんにん》か、集《あつ》まっていた。

こっちを見《み》て、声《こえ》をかけてくれる。

「けっきょく、ステラじゃなかったらしいな」

「びっくりしたよ。おれたちも、鍵《かぎ》だけじゃ不安《ふあん》でさ。交替《こうたい》で展示室《てんじしつ》のなかを見《み》まわってたんだ。

なにもなくてよかったなあ」

でも、とそのうちのひとりがぽつっと言《い》った。

「サプライズなら、おれたち警備員《けいびいん》には、言《い》っておいてくれないと困《こま》るよな」

展示室《てんじしつ》のなかには、すでにシキさんや、ほかのスタッフさんたちがもどっていた。

絵《え》や飾《かざ》りつけに変化《へんか》がないか、見《み》てまわっているみたい。

その一番奥《いちばんおく》で、キヨくんが言《い》ったんだ。

「たしかにどうしてサプライズってことが、伝《つた》わってなかったんだ」

「おかしいよね……大《おお》さわぎになるし、事故《じこ》なんかにつながるかもしれない」

そうわたしが言《い》ったときだ。

「……ウソだ」

ふりかえると、クロトくんが、ぼうぜんとかたまっていた。

その視線《しせん》のさきには、部屋《へや》の一番奥《いちばんおく》の絵《え》――『睡蓮《すいれん》』がある。

「どうしたんだ、クロト」

翔太《しょうた》くんの声《こえ》にも答《こた》えないで、クロトくんは目《め》をこすって、何度《なんど》も息《いき》をのんで。

そうして、やっと言《い》ったんだ。

「……この『睡蓮《すいれん》』はニセモノだ」

睡蓮
クロード・モネ

# 8 本物《ほんもの》の『睡蓮《すいれん》』はどこ!?

……これは、本当《ほんとう》に大変《たいへん》なことになった。

わたしたちは、部屋《へや》のすみで輪《わ》になった。

どこかに行《い》っていたレオくんがもどってくるのを待《ま》って、クロトくんが、覚悟《かくご》を決《き》めるみたいに、口《くち》を開《ひら》いた。

「あの『睡蓮《すいれん》』はやっぱり、ニセモノだ」

この展示《てんじ》の、一番《いちばん》のメインなのに……。クロトくんが続《つづ》ける。

「絵《え》を傷《いた》めないようにライトが弱《よわ》くしてあるし、気《き》づかれにくいと思《おも》う。それにここには今《いま》、絵《え》の専門家《せんもんか》がいないからね」

もちろん船《ふね》にはのっているはずなんだ。でも今《いま》ここにいるのは、お花専門《はなせんもん》の人《ひと》たちだ。

「いまの『睡蓮《すいれん》』はモネが使《つか》っていた、一九〇〇年代初《ねんだいはじ》めの絵《え》の具《ぐ》で描《か》かれたものじゃない。それに筆《ふで》のタッチも、彼《かれ》のものじゃないよ」

クロトくんは芸術家《げいじゅつか》。

とくに自分《じぶん》の好《す》きな画家《がか》の絵《え》は、本物《ほんもの》かニセモノか、見分《みわ》けることができるんだ。

「さっきまでは本物《ほんもの》だった。停電《ていでん》で混乱《こんらん》してるあいだに、すりかえられたんだと思《おも》う」

クロトくんのあとを、キヨくんが続《つづ》けた。

「さっきのさわぎ、おれはステラのしわざだったと思《おも》う。コック服《ふく》のイカサマを見破《みやぶ》って、そいつに船《ふね》を停電《ていでん》させ花火《はなび》を打《う》ちあげさせた。サプライズプロポーズだってだましてな」

「目的《もくてき》は、この部屋《へや》から注意《ちゅうい》をそらすため、陽動《ようどう》ってやつだよね」

わたしたちが外《そと》に行《い》ってるあいだに、ステラはここにやってきたんだ。

レオくんが、ちらっと入《い》り口《ぐち》のほうを見《み》た。

「警備《けいび》の人《ひと》に聞《き》いてきた。騒動《そうどう》の最中《さいちゅう》にステラを警戒《けいかい》して、警備員《けいびいん》が交替《こうたい》でひとりずつ、部屋《へや》のなかを点検《てんけん》してたんだ——あとから合流《ごうりゅう》した警備員《けいびいん》の提案《ていあん》だったんだってさ」

わたしたちは、たがいに顔《かお》を見合《みあ》わせた。

まちがいない……それが、ステラだ！

「ステラは警備員《けいびいん》に変装《へんそう》して、『睡蓮《すいれん》』をニセモノにすりかえたんだ」

クロトくんの言葉《ことば》に、わたしはううん、と首《くび》をかしげた。

「でも絵《え》をすりかえるのって大変《たいへん》そうだよ。そんなに時間《じかん》もなかったと思《おも》うけど」

「音《おと》は花火《はなび》にまぎれるし、展示室《てんじしつ》は二部屋続《ふたへやつづ》きで、入《い》り口《ぐち》から奥《おく》は見通《みとお》せない。部屋《へや》も暗《くら》かったから、すばやくやればできなくはないはずだ」

ただし、とキヨくんが展示室《てんじしつ》のなかを見《み》まわす。

「問題《もんだい》はそのあとだよな、クロト」

「うん。この『睡蓮《すいれん》』は、かなり小《ちい》さいほうだよ。それでもひとかかえはあるし、油彩《ゆさい》だから、額《がく》からはずして、まるめることはできない」

「そうなのか？」

翔太《しょうた》くんが聞《き》いた。クロトくんが答《こた》える。

「うん。油絵《あぶらえ》っていうのは、キャンバスっていう特別《とくべつ》な布《ぬの》に描《か》かれるんだ。後《うし》ろに木《き》の枠《わく》があってかんたんにはがしたりできない。それに、まるめると絵《え》の具《ぐ》が割《わ》れるんだよ。だからすりかえは額《がく》ごと行《おこな》われたはずだ」

「それならステラはこの部屋《へや》から、どうやって本物《ほんもの》の『睡蓮《すいれん》』を持《も》ちだしたんだろうな」

そう言《い》うキヨくんの口《くち》もとが、うすく笑《わら》っている気《き》がした。

あっ……！

「そっか、警備員《けいびいん》さんのふりをしてたってことは、そんなの、持《も》ちだしたりできないんだ！」

「ゆずの言《い》うとおり。ニセモノはあらかじめ、部屋《へや》のなかにかくしておけばいい。でも本物《ほんもの》をここから持《も》ちだすのは、あの瞬間《しゅんかん》にはむずかしかった」

キヨくんが、確信《かくしん》を持《も》って言《い》った。

「――つまり本物《ほんもの》の『睡蓮《すいれん》』は、まだ、この部屋《へや》のなかにあるかもしれない」

レオくんが、なるほど、とつぶやいた。

「それで、どこか別《べつ》のタイミングで持《も》ちだせばいいんだな」

「さがそうぜ！」

いきおいこんだ翔太《しょうた》くんを、キヨくんが待《ま》て、ととめる。

「ステラのことだ。かんたんに見《み》つかる場所《ばしょ》にかくしたとは思《おも》えない」

この部屋《へや》には、お花《はな》も段《だん》ボール箱《ばこ》もたくさんある。

別《べつ》の絵《え》の下《した》にかくされてるってこともあるかもしれないし……。

翔太《しょうた》くんがもどかしそうに言《い》った。

「そんなの、全員《ぜんいん》で部屋中《へやじゅう》ひっくりかえせば見《み》つかるだろ」

「いや……できればおれたちだけで、こっそり見《み》つけたいんだ」

こういうときのキヨくんは、きっとなにか考《かんが》えがあるんだ。

わたしは、ぐっと息《いき》をのんだ。

「じゃあ、わたしの出番《でばん》だね」

花火騒動《はなびそうどう》のあいだに、ステラが絵《え》をすりかえたなら――その証拠《しょうこ》は、きっとまだこの部屋《へや》のなかに残《のこ》ってる。

わたしは、ぜんぶ覚《おぼ》えてるんだ。

すっと目《め》を閉《と》じた。


**キュイイイン！**


背中《せなか》から、記憶《きおく》の海《うみ》に沈《しず》んでいく。

吹《ふ》きあがる記憶《きおく》のなか、花火騒動《はなびそうどう》の直前《ちょくぜん》のそれを……つかむ。

見《み》つけた、これだ。


ぱちっと目《め》をあけた。

「……『睡蓮《すいれん》』の額縁《がくぶち》が、ちょっと動《うご》いてる。額縁《がくぶち》ごと絵《え》をすりかえたときに、まわりに飾《かざ》りつけられてるお花《はな》を、左右《さゆう》によけたからだと思《おも》う」

ステラの行動《こうどう》をなぞるように、たどっていく。

「額縁《がくぶち》をはずしたあと、横《よこ》の壁《かべ》をこすったかも。そばの花《はな》がはがれちゃってる」

花火《はなび》の前《まえ》にはそろっていたその花《はな》が、ふたつ床《ゆか》にこぼれおちてる。

翔太《しょうた》くんが息《いき》をのんだ。

「……すげえな、ゆず。まるでその場《ば》にいるみたいだ」

わたし最近《さいきん》わかったんだ。覚《おぼ》えているだけじゃだめなんだって。

レオくんやクロトくんの、観察力《かんさつりょく》や知識《ちしき》、翔太《しょうた》くんのひらめき、キヨくんの、ものごとを推理《すいり》する力《ちから》。

そういうものを組《く》み合《あ》わせれば、わたしの力《ちから》は、もっと進化《しんか》する。

きっと、もっとみんなの役《やく》に立《た》てるって、そう思《おも》うんだ。

記憶《きおく》をたどってやってきたのは、部屋《へや》の一番奥《いちばんおく》の、すみっこだった。

天井《てんじょう》からはお花《はな》のカーテンがおりていて、まわりからはかくされている場所《ばしょ》に、たくさんの平《ひら》たい段《だん》ボール箱《ばこ》がかさなっている。

わたしは、上《うえ》からふたつ目《め》の箱《はこ》をさした。

「……その箱《はこ》、花火《はなび》の前《まえ》と場所《ばしょ》がずれてるよ」

段《だん》ボール箱《ばこ》に手《て》をかけて、なかをのぞいた。

「あれ？　ここだと思《おも》うんだけど……」

でも、なかにはお花《はな》がたくさんならんでいるだけだ。そのとき、すっと手《て》が伸《の》びてきた。

「たぶん、もっと奥《おく》だよ」

クロトくんだ。ぎっしりつめられたお花《はな》をふたりでかき分《わ》けていると、クロトくんが、ふいに花《はな》びらをひとつつまんだ。それをまじまじと見《み》つめている。

「どうしたの？」

「あ、いや……」

クロトくんが言《い》いよどんだときだった。

「――おい！」

翔太《しょうた》くんが、お花《はな》の隙間《すきま》から見《み》えた、それをさした。

かき分《わ》けたさきに――ビニールの塊《かたまり》が見《み》える。

……その奥《おく》にかくされた美《うつく》しい青色《あおいろ》は。

たしかに——額《がく》に入《はい》った『睡蓮《すいれん》』だ。

やっぱり……ステラは、ここにかくしてたんだ！

翔太《しょうた》くんがキヨくんを見《み》やった。

「どうする。警備《けいび》に知《し》らせたほうがいいと思《おも》うけど——でも、そうじゃないんだろ、キヨ」

キヨくんは、こっそり『睡蓮《すいれん》』を見《み》つけたいって言《い》った。

今《いま》もノアさんやシキさん、スタッフさんに見《み》つからないように、慎重《しんちょう》に動《うご》いてるんだ。

キヨくんはうなずいた。

「今《いま》、展示《てんじ》されてる『睡蓮《すいれん》』がニセモノで、本物《ほんもの》がここにあると知《し》っているのは、おれたちとステラだけだ。そして……」

ふと、笑《わら》いの気配《けはい》をにじませた。

「ステラは、おれたちが本物《ほんもの》を見《み》つけたことを、まだ知《し》らない」

なるほどな、とくちびるのはしをつりあげたのは、レオくんだった。

「ステラは必《かなら》ず、この『睡蓮《すいれん》』を取《と》りに来《く》る」

わたしは思《おも》わず、息《いき》をのんだ。

……それって、わたしたちが、ステラをつかまえるチャンス、ってことだ！

# 9　怪盗《かいとう》ステラを追《お》いつめろ！

わたしたちはその夜《よる》、展示室《てんじしつ》のとなりにある、部屋《へや》に集《あつ》まった。今《いま》は倉庫《そうこ》になってるんだ。

展示室《てんじしつ》には、夜中《よなか》も警備員《けいびいん》さんがいて、しっかり、鍵《かぎ》もかかっている。

そして本物《ほんもの》の『睡蓮《すいれん》』の入《はい》った、お花《はな》の段《だん》ボール箱《ばこ》は、シキさんが言《い》っていたとおり、となりにあるこの倉庫《そうこ》に運《はこ》びこまれたんだ。

「──たしかに、ここなら展示室《てんじしつ》から盗《ぬす》むより、ずっとかんたんね」

そう言《い》ったのは、ノアさんだった。

ステラが、『睡蓮《すいれん》』をニセモノにすりかえたこと。それをお花《はな》の箱《はこ》にかくしたこと。きっと取《と》りに来《く》るはずだから、それを待《ま》ちかまえてつかまえるってこと。

ぜんぶ話《はな》したのは、ノアさんと、紫乃《しの》さん、そしてイオリさんだけなの。

倉庫《そうこ》は広《ひろ》くて棚《たな》が立《た》ちならんでいる。イスや机《つくえ》が積《つ》みかさなっているところもあって、かくれられそうだ。窓《まど》からはうっすら月明《つきあ》かりが差《さ》しこんでる。

ノアさんは不安《ふあん》そうな顔《かお》で、倉庫《そうこ》の真《ま》ん中《なか》におかれた、お花《はな》の箱《はこ》を見《み》つめた。

「ねえ、やめようよ、クロト。今《いま》からでも、警備《けいび》の人《ひと》に連絡《れんらく》したほうがいいよ」

「でもそこに、ステラがまぎれこんでるかもしれない」

クロトくんの言葉《ことば》に、ノアさんが息《いき》をのんだ。

キヨくんが、こっそり見《み》つけたいって言《い》った理由《りゆう》は、これなんだ。

「ステラはだれに変装《へんそう》してるかわからない。だから、信頼《しんらい》できるぼくたちだけでやる」

そう言《い》ったクロトくんは、ノアさんにむきなおった。

「ノアは、自分《じぶん》の部屋《へや》で待《ま》ってて」

「……いや。あたしもここにいる。クロトがあぶない目《め》にあうかもしれないもの」

すこしためらって、クロトくんがうなずいた。

「わかった。でもぼくはだいじょうぶ。ぼくたちには――キヨの作戦《さくせん》があるからね」

たがいに顔《かお》を見合《みあ》わせて、わたしたちは倉庫《そうこ》のなかに、わかれてかくれたんだ。

わたしは奥《おく》の棚《たな》の後《うし》ろに、ノアさんといっしょにかくれることになった。

ノアさん、ちょっとふるえてる。やっぱりこわいよね……。

「あの、やっぱりお部屋《へや》で待《ま》っててもいいと思《おも》います」

ノアさんが、きっ、とこっちをにらみつけた。

「……いや。クロトを守《まも》るのは、あたしなの」

そのかたくなさは、きっとお姉《ねえ》さんみたいに、懸命《けんめい》にクロトくんを守《まも》ってきたから。

そして……。

窓《まど》から差《さ》しこむ月《つき》の光《ひかり》に、ノアさんの瞳《ひとみ》が揺《ゆ》れる。

不安《ふあん》そうで、かなしそうなそれは、クロトくんのことを〝弟《おとうと》〟って言《い》ったときとおなじ。

その理由《りゆう》を、たぶんわたしは知《し》っている。

かなしい笑顔《えがお》の理由《りゆう》も、あのとき……クロトには、あたしだけだったのに、って言《い》ったのも。

ノアさんはもしかして……。

――クロトくんのこと、好《す》きなんじゃないのかな。


静《しず》かに、ドアがあいた。

警備員《けいびいん》さんが入《はい》ってくる。ドアを閉《し》めて、電気《でんき》もつけないまま、あたりを見《み》まわした。

ふ、と笑《わら》う気配《けはい》がした。

それから部屋《へや》の中央《ちゅうおう》においてある、段《だん》ボール箱《ばこ》に手《て》をかける。『睡蓮《すいれん》』の箱《はこ》だ。

そのときだ。

「待《ま》ってたぜ、ステラ！」

翔太《しょうた》くんの声《こえ》が弾《はじ》けた。かくれていた棚《たな》を蹴《け》りたおして、ステラにとびかかる！

「わっ」

軽《かる》く叫《さけ》んで、ひらっとかわしたその体《からだ》の動《うご》きは、やっぱり、普通《ふつう》の警備員《けいびいん》さんじゃない。

段《だん》ボール箱《ばこ》の隙間《すきま》から、立《た》ちあがったレオくんが言《い》った。

「そこに、『睡蓮《すいれん》』はないよ」

警備員《けいびいん》さん――ステラがぱち、と目《め》をまたたかせた。

レオくんのとなりでキヨくんがうなずく。

「展示室《てんじしつ》の『睡蓮《すいれん》』は、ニセモノにすりかえられていた。おれたちは本物《ほんもの》を見《み》つけて、お前《まえ》を待《ま》ち伏《ぶ》せしてたんだ。もちろん、本物《ほんもの》の『睡蓮《すいれん》』は別《べつ》の場所《ばしょ》に移動《いどう》させたよ」

そうなんだ、これがキヨくんの作戦《さくせん》。

ノアさんに協力《きょうりょく》してもらったのは、ほかの人《ひと》たちに内緒《ないしょ》で、絵《え》の入《い》れ替《か》えを手伝《てつだ》ってもらうためだったんだ。

ノアさんならお花《はな》の箱《はこ》にさわっていても、不思議《ふしぎ》に思《おも》われないからね。

警備員《けいびいん》の帽子《ぼうし》の下《した》で、ステラが、きゅうっと目《め》を細《ほそ》めた。

「よく、『睡蓮《すいれん》』がニセモノだって、わかったね」

氷《こおり》に月光《げっこう》が揺《ゆ》らめくような、不思議《ふしぎ》な色《いろ》の瞳《ひとみ》。

つめたくて、それでいて、すごく楽《たの》しそう。

「見破《みやぶ》ったのは、ぼくだ。あれは、モネの絵《え》じゃない」

クロトくんがそう言《い》ったとたん。

ステラが、こつ、と靴《くつ》をならして、クロトくんに一歩《いっぽ》近《ちか》づいた。

「さすがだ。こんなに早《はや》く見破《みやぶ》られるとは思《おも》わなかった」

手袋《てぶくろ》をした手《て》が差《さ》しだされる。クロトくんが一歩《いっぽ》、さがったのがわかった。

「いい目《め》をしてるし、絵《え》の腕《うで》もすばらしい。きみと組《く》んだら、いい仕事《しごと》ができそうだ」

そのくちびるがうすく笑《わら》う。

「たとえば、ニセモノの絵《え》を描《か》いてもらうとか、ね」

暗闇《くらやみ》に光《ひか》る瞳《ひとみ》が、さえざえと輝《かがや》いた。

「……きみを、つれていっちゃおうか？」

ぞっ、とした。

ステラが、クロトくんを見《み》つめている。だれも動《うご》けない。

射《い》るようなまなざしに、クロトくんの頬《ほお》を、冷《ひ》や汗《あせ》がすべりおちたのがわかった。

クロトくんが、本当《ほんとう》に、つれていかれちゃうかもしれない……っ！

そう思《おも》ったら。反射的《はんしゃてき》に体《からだ》が動《うご》いていた。

「だめっ、クロトくんからはなれて！」

ステラとクロトくんのあいだに飛《と》びこんだ。

「クロトくんの作品《さくひん》は、あなたのためのものじゃない！」

芸術家《げいじゅつか》って作品《さくひん》に心《こころ》をこめるんだって、教《おし》えてもらった。

クロトくんの家族《かぞく》が、伝《つた》えたい想《おも》いをこめたみたいに。

「クロトくんの絵《え》は、心《こころ》を伝《つた》えるためにあるの。ドロボウのためなんかじゃない！」

だからその作品《さくひん》を利用《りよう》されるのは、ぜったいにいやだ。

「……ゆずちゃん」

ふりかえると、クロトくんがおどろいたように目《め》を見開《みひら》いていて。

そうして、ふっと笑《わら》ったんだ。

ありがとうって、そうつぶやいたのが聞《き》こえた気《き》がした。

「ゆずちゃんの言《い》うとおりだよ。ぼくの作品《さくひん》は、だれにも利用《りよう》させない」

目《め》の前《まえ》で、ステラが笑《わら》う。

「……冗談《じょうだん》だよ」

その瞬間《しゅんかん》、ぶんっとすごいいきおいで、段《だん》ボール箱《ばこ》が飛《と》んできた。

「──ゆずとクロトから、はなれろ！」

翔太《しょうた》くんだ。壁《かべ》を蹴《け》ってステラにとびかかった。

よけようとしたステラが、ずるっと足《あし》をすべらせた。

「うっ！」

がつんっと棚《たな》に右腕《みぎうで》をぶつける。服《ふく》が破《やぶ》れて、血《ち》がにじんでいるのが見《み》えた。

ケガをしたんだ……痛《いた》そう……。って、ステラの心配《しんぱい》してる場合《ばあい》じゃない。

ぱっと身《み》をひるがえして、ステラが倉庫《そうこ》から逃《に》げていく。

「今度《こんど》こそ、逃《に》がさねえぞ！」

そう叫《さけ》んだ翔太《しょうた》くんのあとを、わたしたちも追《お》いかけたんだ！

ステラを追《お》いかけてたどりついたのは、この船《ふね》で、一番高《いちばんたか》い場所《ばしょ》。

髪《かみ》が吹《ふ》きちらされるような、強《つよ》い風《かぜ》が吹《ふ》いている。

屋上甲板《おくじょうかんぱん》だ。

下《した》には、プールのあるメインデッキを見下《みお》ろすことができる。

「あーあ、追《お》いつめられちゃった」

柵《さく》にもたれるように、ステラが片手《かたて》を広《ひろ》げていた。

反対側《はんたいがわ》の手《て》は、黒《くろ》いシルクハットを軽《かる》くおさえていて、漆黒《しっこく》のコートが風《かぜ》に揺《ゆ》れている。

キラキラと月明《つきあ》かりに輝《かがや》くアクセサリーが、風《かぜ》に吹《ふ》かれて音《おと》を立《た》てる。

これが、怪盗《かいとう》ステラの本当《ほんとう》の姿《すがた》だ。

……これも、変装《へんそう》なのかもしれないんだけどね。

キヨくんが、スマートフォンをつきつけた。

「もうすぐ警備員《けいびいん》が来《く》る。逃《に》げられないぞ」

ノアさんにお願《ねが》いして、船長《せんちょう》さんたちに知《し》らせに行《い》ってもらったんだ。

「お前《まえ》がここにいるかぎり、だれにも変装《へんそう》できないからな。安心《あんしん》して警備《けいび》を呼《よ》べるんだ」

胸《むね》をはった翔太《しょうた》くんに、ふふっ、とステラが笑《わら》った。

「すごいなあ、きみたちは。ここまで追《お》いつめられると思《おも》わなかった」

……つかまるかもしれないのに。ステラはすごく余裕《よゆう》って感《かん》じに見《み》える。

翔太《しょうた》くんが、じりっとステラに近《ちか》づいた。

「なあ、お前《まえ》はなんで、怪盗《かいとう》なんかやってんだよ」

「楽《たの》しいからさ。それにこうやって、きみたちと遊《あそ》ぶのだって、大好《だいす》きだよ」

さえざえと輝《かがや》く瞳《ひとみ》は、ゆらゆらと揺《ゆ》らめいて。本当《ほんとう》かウソか、わからない……。

でもふいに――その瞳《ひとみ》がさあっと、そまった気《き》がしたんだ。

「それに……ぼくには、手《て》に入《い》れたいものがあるんだ。それをさがして、さがして……まだ、見《み》つからないだけさ」

ほんの一瞬《いっしゅん》だけ、さびしさと、かなしみの色《いろ》に。

それを、すぐにひきさげたシルクハットでかくしてしまったんだけど。

でもわたしは思《おも》ったんだ。これはきっと、ステラの本心《ほんしん》だ。

楽《たの》しくておもしろいものが好《す》き。でも、それだけじゃない。

なにか、特別深《とくべつふか》いわけがあって、ステラはこんなことをしてる。

「――だから、ぼくは『モネ』をあきらめない」

ステラは、ぱっと柵《さく》の上《うえ》に飛《と》びのった。

「あ、待《ま》て！」

翔《しょう》太《た》くんが慌《あわ》てて追《お》いすがろうとする。でも、ステラのほうが速《はや》かった！

海《うみ》にむかって、まっすぐその体《からだ》が落《お》ちていって――。

わたしたちが、柵《さく》にたどりついたときには、もう、どこにも姿《すがた》が見《み》えなかったんだ。

キヨくんが、はあっとため息《いき》をついた。

「下《した》の、メインデッキに逃《に》げられたな」

下《した》では、この時間《じかん》でも、スクリーンで映画《えいが》が上映《じょうえい》されたり、ライトアップされて、ダンスパーティが開《ひら》かれたりしてる。

あそこにステラがまぎれこんだら、きっと見《み》つからない。

翔《しょう》太《た》くんが舌打《したう》ちして、でも、と顔《かお》をあげた。

「おれたち、『睡蓮《すいれん》』は守《まも》ったぞ」

そのとき、甲板《かんぱん》にかけあがってきたのは、紫乃《しの》さんだった。

「ノアさんに聞《き》いたわ。翔《しょう》太《た》くん、みんな！　だいじょうぶ!?」

「結城《ゆうき》！　『睡蓮《すいれん》』は？」

翔《しょう》太《た》くんの言葉《ことば》に、紫乃《しの》さんがうなずいた。

「だいじょうぶよ。船長《せんちょう》さんにお話《はな》しして、本物《ほんもの》は鍵《かぎ》のかかる展示室《てんじしつ》で保管《ほかん》してるの」

「船長《せんちょう》さんもびっくりしてたけど、すぐに絵《え》の専門家《せんもんか》をつれてきてくれて、見《み》つかった『睡蓮《すいれん》』が本物《ほんもの》だって、たしかめてくれたんだ」

あとからかけつけたイオリさんがそう言《い》った。

「じゃあ、今回《こんかい》はわたしたちの勝《か》ちだね」

ステラは逃《に》がしちゃったけど、『睡蓮《すいれん》』は守《まも》りきったんだもん。

……ちょっと気《き》になるのは、ステラがすごく余裕《よゆう》そうだった、ってことだけど。

わたしの不安《ふあん》をくみとったみたいに、キヨくんが、ぽつりとつぶやいた。

「……ステラが、このままとは思《おも》えない」

「でも展示室《てんじしつ》にあるかぎり、だいじょうぶだわ。警備《けいび》も、もう油断《ゆだん》しないもの」

紫乃《しの》さんが力強《ちからづよ》くうなずいた。

もう夜《よる》も遅《おそ》いし、そろそろ部屋《へや》にもどろうかなって思《おも》ったときだった。

ぐっと手《て》をつかまれて、わたしはふりかえった。

「……話《はなし》があるの」

そこに立《た》っていたのは、いつのまにか甲板《かんぱん》にやってきた、ノアさんだった。

# 10 クロトくんの伝《つた》えたいこと

わたしとノアさんは、甲板《かんぱん》でふたりきりになった。

ノアさんはちょっとだけためらって。やがて、ぽつりと口《くち》を開《ひら》いた。

「クロトを守《まも》ってくれて、ありがとう」

きょとんとしたわたしに、ノアさんがもどかしそうに言《い》った。

「ステラが、クロトのこと、つれていこうとしたとき」

「あっ。あれは、勝手《かって》に体《からだ》が動《うご》いちゃっただけで……」

クロトくんの絵《え》をドロボウに利用《りよう》しようとするなんて、ぜったい許《ゆる》せないって思《おも》ったんだ。

ノアさんが、手《て》をにぎりしめた。

「でも、あたしは、こわくて動《うご》けなかった」

ふるえる声《こえ》で、そう言《い》ったんだ。

「ステラの前《まえ》に飛《と》びだしたあなたを見《み》たとき……ううん、みんなで展示室《てんじしつ》の飾《かざ》りつけを手伝《てつだ》ってくれたときから……クロトにはもう、本物《ほんもの》の仲間《なかま》がいるんだって、わかってた」

小《ちい》さいころは、クロトくんのそばにいたのは、ノアさんだけだったんだよね。

「こんなカッコいい仲間《なかま》がいるんだって思《おも》ったら……くやしくて、さびしかった。それで、イヤな態度《たいど》とっちゃったんだ。ごめんね……」

わたしは、ぶんぶんと首《くび》を横《よこ》にふった。

「ノアさんが、クロトくんのこと心配《しんぱい》する気持《きも》ち、すごくわかります」

わたしはノアさんを安心《あんしん》させたくて、一生懸命《いっしょうけんめい》笑《わら》ったんだ。

「でもだいじょうぶです。クロトくんは今《いま》、ひとりじゃないから……！」

ノアさんが笑《わら》う。ひまわりみたいな、明《あか》るくてあったかい笑顔《えがお》だ。

「ありがとう」

このあったかさに、クロトくんは救《すく》われていたんだなあって、そう思《おも》ったんだ。

「でも……ちょっとくやしいな。クロトにはあたししかいないって、思《おも》ってたのに」

ゆらゆらと、月《つき》の光《ひかり》に瞳《ひとみ》が揺《ゆ》れている。

苦《くる》しそうで、つらそうで、どうしようもないその気持《きも》ちは。

――きっと、恋《こい》だ。

「ノアさん、もしかして、クロトくんのこと……」

くちびるをむすんで、ノアさんはかなしそうに笑《わら》った。

それだけでわかった。やっぱりクロトくんのことが、好《す》きなんだって。

「わかってるんだ。この恋《こい》はかなわないんだって。クロトは、あたしのことお姉《ねえ》ちゃんみたいに思《おも》ってるから」

クロトくんがノアさんと話《はな》すとき。ちょっとほっとして、でも甘《あま》えるみたいで、すごく安心《あんしん》してた。

あれが恋愛《れんあい》って気持《きも》ちじゃないこと……きっと、ノアさんは気《き》づいていたんだね。

「――だから、あなたに特別《とくべつ》いじわるしちゃったの」

「えっ？」

「だってクロト……わかりやすいんだもん。だから、くやしかったの」

たしかにノアさん、わたしにだけ視線《しせん》が強《つよ》かったような気《き》がしたけど。

そのときだった。

「――ゆずちゃん」

ドアをあけて、クロトくんがそこに立《た》っていた。

「ぼく、ゆずちゃんに用《よう》があって……あれ、ノア？　どうしたの？」

「なんでもない。あたし、もう部屋《へや》にもどるわ」

ノアさんが、ぱたぱたと手《て》をふって、そして、クロトくんの肩《かた》をとんってたたいたんだ。

「がんばれ、クロト」

その声《こえ》は泣《な》きそうで、さびしそうで。

でも、だいじな人《ひと》を応援《おうえん》するんだっていう、さわやかな声色《こわいろ》だったんだ。


用《よう》があるって、そう言《い》ったクロトくんは、わたしの前《まえ》を歩《ある》いていた。

「翔太《しょうた》たちは、さきに部屋《へや》にもどってるよ」

クロトくんの声《こえ》は淡々《たんたん》としていて静《しず》かで、なんだか緊張《きんちょう》しているみたい。

「ぼくは、ゆずちゃんに見《み》せたいものがあって、さがしてたんだ」

廊下《ろうか》を歩《ある》いて、展示室《てんじしつ》の前《まえ》をとおりぬける。

そのさきの扉《とびら》を、クロトくんはＩＤ《アイディー》カードを使《つか》ってあけた。

とたんに、ぶわっと風《かぜ》が吹《ふ》きこんできた。

「……わぁ！」

そこは船尾《せんび》の甲板《かんぱん》に造《つく》られた、小《ちい》さなお庭《にわ》だった。

「明日《あす》のパーティの会場《かいじょう》なんだ。本当《ほんとう》はＶＩＰ《ブイアイピー》しか入《はい》れない船上庭園《せんじょうていえん》なんだけど、カードを貸《か》してもらったんだ」

見《み》つめるずっとむこうには、漆黒《しっこく》の海《うみ》が広《ひろ》がっている。

空《そら》にはぽっかりと金色《きんいろ》の月《つき》。目《め》の前《まえ》には、噴水《ふんすい》がキラキラと月光《げっこう》を反射《はんしゃ》していた。

モザイクタイルのお庭《にわ》は、幻想的《げんそうてき》できれいで、海《うみ》の真《ま》ん中《なか》のひみつのお庭《にわ》って感《かん》じ。

「すごい……」

感動《かんどう》していると、クロトくんがわたしの腕《うで》をひいた。

噴水《ふんすい》のそばにイーゼルが立《た》てられている。白《しろ》い布《ぬの》におおわれていた。

「ぼくが描《か》いたんだ」

月明《つきあ》かりの下《した》で、クロトくんがその布《ぬの》を取《と》りはらった。

その瞬間《しゅんかん》。

ぶわっと、花《はな》びらが、あふれだしたような気《き》がした。

小《ちい》さな絵《え》だった。わたしのお部屋《へや》にも飾《かざ》れるぐらい。

青《あお》いお庭《にわ》に、池《いけ》の水《みず》が波紋《はもん》を描《えが》いている。

淡《あわ》い青色《あおいろ》の上《うえ》に浮《う》かぶのは、たくさんの睡蓮《すいれん》のお花《はな》たち……！

モネの『睡蓮《すいれん》』をモチーフにした絵《え》だ。

それにこのお花《はな》は……ぜんぶ、本物《ほんもの》だ！

「……すごい」

「この夏《なつ》、ずっとこれを描《か》いてた。何回《なんかい》も描《か》きなおして、仕上《しあ》げは、船《ふね》の上《うえ》でやったんだ」

やっとわかった。クロトくんが、時々《ときどき》いなくなっていたのも、絵《え》の具《ぐ》を持《も》ってきていたのも、展示室《てんじしつ》を飾《かざ》りつけたときに言《い》ってた、たくさん練習《れんしゅう》した、っていうのも。

この絵《え》のためだったんだ……！

「ぼくの気持《きも》ちを、ぜんぶこめたんだよ」

風《かぜ》が吹《ふ》く。

クロトくんの瞳《ひとみ》がじっとこっちを見《み》つめている。

海《うみ》の音《おと》。月《つき》の光《ひかり》が鮮《あざ》やかにあたりを照《て》らす。

世界《せかい》には今《いま》、わたしとクロトくんだけみたい。

「わたすかどうか、ずっと迷《まよ》ってたんだ。この気持《きも》ちを伝《つた》えて困《こま》らせたらどうしようって」

でも、とクロトくんが続《つづ》ける。

「さっき……ぼくの作品《さくひん》は、心《こころ》を伝《つた》えるためにあるって、ゆずちゃんは言《い》ってくれた」

月《つき》の光《ひかり》の下《した》で、クロトくんが美《うつく》しく笑《わら》ったんだ。

「うれしかった」

ひざまずいたクロトくんは、わたしの手《て》を取《と》った。

「だからぼくは、ゆずちゃんにこの絵《え》を、もらってほしいんだ」

絵《え》のなか、池《いけ》にかかる橋《はし》に、だれかが立《た》っている。

白《しろ》いワンピースを着《き》て、こちらをふりかえっていた。

淡《あわ》く笑《え》みを浮《う》かべるその人《ひと》は――わたしだ。

絵《え》を描《か》いているだれかにむかって、やさしく、やわらかくほほえみかけていた。

……クロトくんは、天才的《てんさいてき》な芸術家《げいじゅつか》だってよくわかった。

絵《え》のなかのわたしは、揺《ゆ》れる瞳《ひとみ》の奥《おく》につらくて苦《くる》しくて、でも幸《しあわ》せな……。

恋《こい》の気持《きも》ちがこもっているんだって、きっとだれが見《み》たってわかるから。

「ぼくは芸術家《げいじゅつか》だからね。気持《きも》ちは絵《え》で伝《つた》えるんだ」

にこっと笑《わら》ったクロトくんの瞳《ひとみ》には、ちらちらと炎《ほのお》が躍《おど》っている。

「返事《へんじ》は、いつでもいいよ。でも、ぼくももう遠慮《えんりょ》する気《き》ないから」

いくらなんでも、わたしにだって、わかった。
こ、これって――!

# 11　事件《じけん》はまだ終《お》わってない

「──……告白《こくはく》、なのかな」

せっかくの豪華客船《ごうかきゃくせん》でのお泊《と》まりなのに、わたしは一睡《いっすい》もできずに、朝《あさ》を迎《むか》えた。

ここは、メインデッキの船上《せんじょう》プールなの。

わたしと紫乃《しの》さんは水着《みずぎ》を着《き》て、プールサイドで足《あし》だけ水《みず》につけていた。

「あたりまえでしょ！」

水色《みずいろ》の水着《みずぎ》を着《き》た紫乃《しの》さんが、足先《あしさき》でプールの水《みず》を蹴《け》りあげた。

「ゆずさんのまわりに恋《こい》がたくさんあって、わたし楽《たの》しいわ！」

紫乃《しの》さんには、キヨくんに告白《こくはく》されたことも、ぜんぶ話《はな》したんだ。

それからずっと、紫乃《しの》さんはキラキラわくわく楽《たの》しそうだ。

「でも決定的《けっていてき》な一言《ひとこと》を言《い》わないのは、泉田《いずみだ》くんらしいわね」

「決定的《けっていてき》な一言《ひとこと》？」

「好《す》きとか、愛《あい》してるとか、ずっといっしょにいたいとか、つきあってほしいとか」

「あ、あい……っ！」

ぶわっと、顔《かお》に熱《ねつ》がのぼる。

「もし、クロトくんにそんなこと言《い》われてたら……あっ、でも、クロトくんは芸術家《げいじゅつか》で、絵《え》に描《か》いたことはぜったいに本気《ほんき》だから、もう言《い》われたのといっしょってこと⁉」

え、ええ……どうしよう……。

「ほら。ゆずさん、すっかり泉田《いずみだ》くんの手《て》のひらの上《うえ》よ」

こっちを見《み》た紫乃《しの》さんが、ふふって笑《わら》った。

「……どういうこと？」

「ちゃんと告白《こくはく》されるより、好《す》きなのかな、どうかなって、あいまいにしておかれるほうが、ずっとその人《ひと》のこと、考《かんが》えるでしょう？」

……うわあ、たしかに！

わたし今《いま》、クロトくんで頭《あたま》のなかがいっぱいだ。

「泉田《いずみだ》くんは、ゆずさんの頭《あたま》のなかを、自分《じぶん》でいっぱいにしたいのよ。ホントに策士《さくし》ね」

策士《さくし》って、戦略《せんりゃく》とか戦術《せんじゅつ》とかがすごい人《ひと》、ってことだよね。

クロトくんは、やさしくて王子様《おうじさま》で。

……そして、本気《ほんき》になったらだれより情熱的《じょうねつてき》な人《ひと》だって、知《し》ってたはずなのに。

顔《かお》を赤《あか》くしたり青《あお》くしたりしているわたしに、紫乃《しの》さんは言《い》った。

「でも、返事《へんじ》は待《ま》つって言《い》ってくれたんでしょう。ゆっくり悩《なや》めるわ」

「ホントに⁉」

「まあ、それも泉田《いずみだ》くんの作戦《さくせん》なのかもしれないけど」

うー、どこまでクロトくんの手《て》のひらの上《うえ》なんだろ……。

顔《かお》をあげると、S《エス》クラスの男子《だんし》とユキくんが、プールで遊《あそ》んでいるのが見《み》えた。

翔太《しょうた》くんがウォータースライダーの出口《でぐち》から、びゅんって飛《と》びだしてきたところだ。

「よっしゃー！」

かけ声《ごえ》をあげて、宙《ちゅう》でくるんっと一回転《いっかいてん》。芸術的《げいじゅってき》なポーズを決《き》めて、プールに着水《ちゃくすい》する！

……さすが！

わたしと紫乃《しの》さんは、思《おも》わずぱちぱちと拍手《はくしゅ》をした。

「船《ふね》の上《うえ》でウォータースライダーなんて、最高《さいこう》だよな」

ばしゃっと顔《かお》をあげた翔太《しょうた》くんは、水《みず》にぬれた髪《かみ》を、がっとかきあげる。

太陽《たいよう》にキラキラと滴《しずく》が輝《かがや》いて、カッコよくて。

そのたびに感《かん》じる小《ちい》さな胸《むね》の痛《いた》みを、わたしはまだ、知《し》らないふりをしている。

翔太《しょうた》くんが、プールサイドにかけあがった。

「ユキ、勝負《しょうぶ》しようぜ。スライダー着水勝負《ちゃくすいしょうぶ》！」

「なにを競《きそ》うんだ、その勝負《しょうぶ》」

キヨくんがあきれたように言《い》った。

翔太《しょうた》くんは勝負《しょうぶ》ごとが好《す》きだ。そんな翔太《しょうた》くんと、互角《ごかく》にたたかえるユキくんのこと、たぶんすっごく気《き》に入《い》ってるんだと思《おも》う。

でもユキくんは、首《くび》を横《よこ》にふった。

そういえば、ユキくんだけ水着《みずぎ》じゃないよね。ずっとプールサイドにいるんだ。

「ごめん、今日寝不足《きょうねぶそく》でさ。プールはやめておこうと思《おも》って」

眠《ねむ》たそうにあくびをしたユキくんに、そっかあ、と翔太《しょうた》くんはすごく残念《ざんねん》そうだ。

「そういえば、ユキのご両親《りょうしん》はどこにいるんだ、おれたち、挨拶《あいさつ》しようか」

キヨくんの言葉《ことば》に、ユキくんがきょとん、とした。

「挨拶《あいさつ》？」

「いつも翔太《しょうた》がお世話《せわ》になってます、って」

「ああ、それはぜったい必要《ひつよう》だな」

レオくんがニヤっと笑《わら》った。

「どういう意味《いみ》だよ！」

翔太《しょうた》くんがムスっとくちびるをとがらせる。

「あはは、いいよ、そういうの。それに――」

ユキくんが、ふと細《ほそ》めたその瞳《ひとみ》が、不思議《ふしぎ》な色《いろ》に輝《かがや》いたような気《き》がしたんだ。

「――いつも遊《あそ》んでもらってるのは、ぼくのほうだしね」


カラフルなパラソルの下《した》、わたしたちは白《しろ》いテーブルをかこんで輪《わ》になった。

「――大変《たいへん》なことが起《お》きたんだよ」

メインデッキにかけこんできたイオリさんが、わたしたちを集《あつ》めたんだ。

「早朝《そうちょう》……展示室《てんじしつ》に、だれかが入《はい》ろうとしたんだ。警報《けいほう》がなって、警備員《けいびいん》が気《き》を取《と》られているうちに、鍵《かぎ》がこわされそうになって……」

「ステラか!?　あいつ、直接展示室《ちょくせつてんじしつ》をねらったのか！」

ばんっとテーブルに両手《りょうて》をついて、翔太《しょうた》くんが身《み》をのりだした。

イオリさんがうなずく。

「そうだと思《おも》う。警備員《けいびいん》もいっぱいいたから、ステラは逃《に》げていったんだけど、でも……油断《ゆだん》してたらあぶなかった」

「警察《けいさつ》が来《く》るのは明日《あす》の朝《あさ》、港《みなと》についてからよ。それまでは、昨日《きのう》みたいな手段《しゅだん》を使《つか》ってくることだってありえるわ」

紫乃《しの》さんが深刻《しんこく》そうにつぶやいた。イオリさんが、わたしたちを見《み》まわす。

「今朝《けさ》、シキさんから提案《ていあん》があったんだ。ひとまず夜《よる》のパーティまで、『睡蓮《すいれん》』をどこかもっと、厳重《げんじゅう》なところに保管《ほかん》したほうがいいんじゃないかって」

「厳重《げんじゅう》って、展示室《てんじしつ》よりか？」

キヨくんの言葉《ことば》に、紫乃《しの》さんが顔《かお》をあげた。

「船長室《せんちょうしつ》ね！」

「あ、そっか。たしか船長《せんちょう》さんじゃないと、ぜったいにあけられないようになってるんだっけ」

わたしはうなずいた。金庫《きんこ》や展示室《てんじしつ》よりある意味《いみ》、安全《あんぜん》だって言《い》ってたよね。

クロトくんが心配《しんぱい》そうな顔《かお》をした。

「でも『睡蓮《すいれん》』の装飾《そうしょく》は、まだ終《お》わってないんだよね」

「うん。ノアさんが船長室《せんちょうしつ》で、『睡蓮《すいれん》』の飾《かざ》りつけをやることになったんだ」

イオリさんが言《い》った。

「これから『睡蓮《すいれん》』を、船長室《せんちょうしつ》に移動《いどう》させるんだ。そのときが一番危険《いちばんきけん》だから、みんなにも来《き》てほしくて呼《よ》びにきた」

イオリさんが、困《こま》ったようにあたりを見《み》まわした。

「シキさんもさっきからどこかに行《い》ってて、見《み》つからないし……」

翔太《しょうた》くんがうなずいた。

「わかった。着《き》がえたら、すぐに行《い》く」

そのときユキくんが、肩《かた》をすくめた。

「ごめん、そっちも気《き》になるけど、ぼくこれから、両親《りょうしん》と食事《しょくじ》なんだ」

翔太《しょうた》くんが残念《ざんねん》そうに言《い》った。

「夜《よる》のパーティは来《く》るんだよな」

「うん。『睡蓮《すいれん》』が見《み》られるの、楽《たの》しみだな」

ユキくんは手《て》をふって、扉《とびら》のむこうにかけていった。

翔太《しょうた》くんがわたしたちを見《み》まわす。

「船長室《せんちょうしつ》で保管《ほかん》すれば、ステラは『睡蓮《すいれん》』に手《て》だしできない。ここが最後《さいご》だ、がんばろうぜ」

わたしたちは、うんってうなずいたんだ！


何重《なんじゅう》にも警備員《けいびいん》さんがかこむなか、『睡蓮《すいれん》』が、船長室《せんちょうしつ》に運《はこ》びこまれていった。

シキさんとスタッフさんが、台車《だいしゃ》にお花《はな》の箱《はこ》をいくつものせて続《つづ》く。

ノアさんがここで、『睡蓮《すいれん》』の飾《かざ》りつけができるようにね。

わたしたちはその光景《こうけい》を、船長室《せんちょうしつ》の外《そと》からじっと見《み》つめていた。

ソファと壁《かべ》のあいだをとおりぬけようとしたシキさんが、声《こえ》をあげた。

「あっ！」

壁《かべ》にかかっていた絵《え》を、肩《かた》でひっかけちゃったみたい。

写真《しゃしん》に写《うつ》っていた、あの赤《あか》いおうちの絵《え》だ。

「あっぶねー。台車《だいしゃ》とおるのにひっかけちゃいそうなんで、一度《いちど》はずしていいですか？」

船長《せんちょう》さんがうなずくのを確認《かくにん》して、シキさんは絵《え》をはずして、ソファの後《うし》ろにおいた。

それから段《だん》ボール箱《ばこ》をあけてお花《はな》をだしたり、箱《はこ》を台車《だいしゃ》に積《つ》んだりと、スタッフさんたちが忙《いそが》しく動《うご》きはじめたんだ。

作業《さぎょう》が終《お》わって、シキさんは赤《あか》いおうちの絵《え》を壁《かべ》にもどした。

ノアさんと船長《せんちょう》さんをなかに残《のこ》して、扉《とびら》が閉《し》まる。

わたしたちはつめていた息《いき》を、ほっとはきだした。

「これでだいじょうぶね」

紫乃《しの》さんは、パーティの準備《じゅんび》があるからって、イオリさんとお部屋《へや》にもどっていったの。

「おれは、あまったお花《はな》を冷蔵室《れいぞうしつ》にもどしてくるよ。もう使《つか》わないだろうしね」

シキさんも、段《だん》ボール箱《ばこ》をのせた台車《だいしゃ》を、ガラガラと押《お》していった。

「これでホントに解決《かいけつ》だ。クロトが、『睡蓮《すいれん》』がニセモノだって見破《みやぶ》ったおかげだな」

翔太《しょうた》くんがほっと息《いき》をつく。クロトくんが肩《かた》をすくめた。

「この船《ふね》にはちゃんと専門家《せんもんか》がのってるから、そのうちバレてたとは思《おも》うけどね」

「でも時間《じかん》がかかってたら、ステラに『睡蓮《すいれん》』をうばわれてたかもしれないしさ」

レオくんがそう言《い》ったときだ。ぴたりと、キヨくんが立《た》ちどまった。

「……おかしくないか？」

ふりかえると、キヨくんがじっとなにかを考《かんが》えている。

「ステラは、おれたちがこの船《ふね》にのってることを、わかっていたはずだ。『睡蓮《すいれん》』にかかわってるってこともな。昨日《きのう》会《あ》ったとき、おどろいてなかっただろ」

「それがどうしたんだ?」

翔太《しょうた》くんが首《くび》をかしげる。キヨくんが答《こた》えた。

「あいつはクロトが芸術家《げいじゅつか》だってことも、ゆずの力《ちから》も知《し》ってる。つまり『睡蓮《すいれん》』がニセモノだってバレる可能性《かのうせい》があるって、わかってたはずじゃないか」

そっか。クロトくんが、『睡蓮《すいれん》』を見破《みやぶ》ることも、わたしがかくし場所《ばしょ》を見《み》つけることも、ステラなら最初《さいしょ》から考《かんが》えていたって、おかしくないんだ。

それに、とキヨくんが続《つづ》けた。

「何十億《なんじゅうおく》もする絵《え》をのせてるんだ。絵画《かいが》の専門家《せんもんか》も乗船《じょうせん》していて当然《とうぜん》——つまり『睡蓮《すいれん》』すりかえは、いつバレたっておかしくなかった……いや、たぶんバレる前提《ぜんてい》だったんだ」

わたしたちは顔《かお》を見合《みあ》わせた。レオくんがうなずく。

「早朝《そうちょう》に、ステラが展示室《てんじしつ》をねらったって言《い》ってたよな。それも変《へん》な気《き》がする。もし本気《ほんき》なら、ＩＤ《アイディー》カードを盗《ぬす》むとか変装《へんそう》するとか、方法《ほうほう》はいくらでも思《おも》いつく」

わたしは首《くび》をかしげた。

「ニセモノを見破《みやぶ》らせたり、展示室《てんじしつ》をおそったりして、ステラはなにがしたいんだろう」

はっと顔《かお》をあげたのは、クロトくんだった。

「ステラが『睡蓮《すいれん》』をねらっていることがはっきりして、展示室《てんじしつ》も危険《きけん》になった。それでぼくたちは、なにをした？」

「なにって、もっと安全《あんぜん》な場所《ばしょ》に『睡蓮《すいれん》』を移動《いどう》させただろ」

翔太《しょうた》くんがそう言《い》った瞬間《しゅんかん》、キヨくんが、ぱっと顔《かお》をあげた。

「そうか……ステラの目的《もくてき》は『睡蓮《すいれん》』じゃないんだ。そう見《み》せかけて、本当《ほんとう》の目的《もくてき》は……この船《ふね》で、展示室《てんじしつ》より厳《きび》しいセキュリティの場所《ばしょ》に入《はい》ること――」

「……船長室《せんちょうしつ》、ってこと？」

でも、とわたしは続《つづ》けた。

「船長室《せんちょうしつ》になんの用事《ようじ》があるの？　航海《こうかい》データとかお客《きゃく》さんの情報《じょうほう》ってだいじだけど、『睡蓮《すいれん》』のほうがすごいよ、何十億《なんじゅうおく》もするんだよ？」

「船長室《せんちょうしつ》に、それ以上《いじょう》に価値《かち》があるものがあったんだろ」

キヨくんの言葉《ことば》を聞《き》きながら、わたしは思《おも》いだしていた。

昨日《きのう》の夜《よる》、瞳《ひとみ》を揺《ゆ》らめかせながら、ステラは言《い》った。

手《て》に入《い》れたいものがあるんだ、って。

ステラはなんのために、怪盗《かいとう》をしているんだろう。

その答《こた》えが、『睡蓮《すいれん》』より価値《かち》がある〝それ〟にあるんじゃないのかな。

レオくんが、ううん、と腕《うで》を組《く》んだ。

「予告状《よこくじょう》では『睡蓮《すいれん》』をねらってるみたいだったし、そこからウソってことだったのか」

「……いや。予告状《よこくじょう》にはたしか……」

目《め》を見開《みひら》いたのは、クロトくんだ。

ぱっと身《み》をひるがえして、船長室《せんちょうしつ》にむかって走《はし》りはじめる。翔太《しょうた》くんが叫《さけ》んだ。

「どうしたんだ、クロト!」

「ちゃんと確認《かくにん》したいんだ!」

船長室《せんちょうしつ》の前《まえ》、警備員《けいびいん》さんに説明《せつめい》すると、すぐに船長《せんちょう》さんがなかからでてきてくれた。

ノアさんがきょとん、とした目《め》でこっちを見《み》ているのがわかる。

クロトくんが部屋《へや》のなかに飛《と》びこんで、かけよったのは、あの小《ちい》さなおうちの絵《え》だった。

じっと見《み》つめて。やがてクロトくんは言《い》ったんだ。

「……やっぱり、この絵《え》はニセモノだ。絵《え》の具《ぐ》が日焼《ひや》けしてない」

えっ⁉　絵《え》の具《ぐ》の日焼《ひや》け、って……。じっと見《み》てもよくわからないけど。

クロトくんが、もどかしそうに言《い》った。

「スイートエリアにある、この絵《え》が写《うつ》っていた写真《しゃしん》は、十年前《ねんまえ》のもの。船長室《せんちょうしつ》は日《ひ》があたるから、本物《ほんもの》なら十年分《ねんぶん》、日焼《ひや》けしてなくちゃいけないんだ。でも今《いま》この絵《え》は、写真《しゃしん》に写《うつ》っていた、そのままなんだよ」

キヨくんが、ぐっとまゆを寄《よ》せた。

「なるほどな。だれかが、この絵《え》を複製《ふくせい》したんだ……あの十年前《ねんまえ》の写真《しゃしん》を見《み》て」

そっか、だから絵《え》の具《ぐ》が日焼《ひや》けしてないんだ！

「だれかってステラだよな。船長室《せんちょうしつ》に入《はい》りこんでまでほしがったのは、この絵《え》ってことか」

翔太《しょうた》くんの言葉《ことば》に、船長《せんちょう》さんがはは っと笑《わら》った。

「そんな馬鹿《ばか》な。これは、フランスの蚤《のみ》の市《いち》で買《か》った絵《え》だよ。十ユーログらいだった」

十ユーロってことは、二千円《せんえん》もしないぐらいだよね。

たしかに、ステラがねらってるって言《い》ったって、信《しん》じられないと思《おも》う。

「ステラはこの赤《あか》い家《いえ》の絵《え》がほしかった。だけど、ここはセキュリティが厳重《げんじゅう》で入《はい》れない」

キヨくんが順番《じゅんばん》に説明《せつめい》してくれる。

「だから『睡蓮《すいれん》』をねらっているように見《み》せかけた。展示室《てんじしつ》じゃあぶないと思《おも》わせて、この部屋《へや》をあけさせるように……誘導《ゆうどう》したんだ」

キヨくんの言葉《ことば》に、ノアさんが首《くび》をかしげた。

「ステラがねらってるのは『睡蓮《すいれん》』でしょ。予告状《よこくじょう》にそう書《か》いてあったって」

「ちがうよ。予告状《よこくじょう》に書《か》いてあったのは――『モネ』をいただきます。……ぼくも、信《しん》じられないけど……もしかしたら」

そのさきをさえぎったのは、キヨくんだ。

「話《はなし》はあとだ。ステラが本当《ほんとう》にこの絵《え》をねらっていたなら、チャンスは一度《ど》きり……ここに、『睡蓮《すいれん》』が運《はこ》びこまれた、さっき、あのときだ」

あのときは、船長《せんちょう》さんにノアさん、シキさん、警備《けいび》の人《ひと》に、スタッフさん……たくさんの人《ひと》がいた。

あのなかのだれかが、ステラだったんだ！

「まだ間《ま》に合《あ》う――ステラを、つかまえよう」

キヨくんの言葉《ことば》に、わたしたちはそろってかけだした！

# 12 本当《ほんとう》の『モネ』

――ガラガラと、台車《だいしゃ》の音《おと》がひびく。

エレベーターで一番下《いちばんした》までおりたさき、長《なが》い廊下《ろうか》には、今《いま》はだれもいない。

その人《ひと》が、冷蔵室《れいぞうしつ》の前《まえ》でぴたりと台車《だいしゃ》をとめた。

「……待《ま》てよ」

翔太《しょうた》くんの声《こえ》がひびいた。

立《た》ちどまってこちらをふりかえったのは、台車《だいしゃ》を押《お》していた――シキさんだ。

「どうしたんだ？　もうすぐパーティだろ」

「ああ。でもお前《まえ》をつかまえてからだよ。……怪盗《かいとう》ステラ」

「ステラ……？」

きょとんと首《くび》をかしげるシキさんに、キヨくんが、一歩《いっぽ》、前《まえ》にでた。

「ステラは『睡蓮《すいれん》』をすりかえたとき、本物《ほんもの》を花《はな》の段《だん》ボール箱《ばこ》にかくしたよな。でも、そもそも……ニセモノのほうは、どうやって持《も》ちこまれたんだ？」

クロトくんが、胸《むね》のポケットからハンカチを取《と》りだして開《ひら》いた。

真《ま》っ白《しろ》な睡蓮《すいれん》の花《はな》びらには、わずかに青《あお》い絵《え》の具《ぐ》がついている。

「これは昨日《きのう》、本物《ほんもの》の『睡蓮《すいれん》』がかくされていた箱《はこ》に、入《はい》っていたんだ」

クロトくんが見《み》つけて、おかしいと思《おも》って、ずっと持《も》っていたんだって。

「これについてる絵《え》の具《ぐ》は、ニセモノに使《つか》われていたものとおなじ。つまり、あのニセモノは――あらかじめ花《はな》の箱《はこ》に入《い》れて、展示室《てんじしつ》に持《も》ちこまれたってことになる」

シキさんの目《め》がすっとするどくなった。レオくんが続《つづ》ける。

「この花《はな》って、あんたがぜんぶ手配《てはい》したんだったよな。保管《ほかん》されてた船倉《せんそう》エリアへのID《アイディー》カードだって、あんたしか持《も》ってないって、自分《じぶん》で言《い》ってた」

つまり『睡蓮《すいれん》』のニセモノを、花《はな》の箱《はこ》にかくして運《はこ》びこむことができたのは、シキさんだけってことだ。

キヨくんが、くちびるにうすい笑《え》みを浮《う》かべた。

「『睡蓮《すいれん》』のすりかえは、いつバレたってよかった。なんだったら、バレてほしかったんだ。怪《かい》盗《とう》ステラは『睡蓮《すいれん》』をねらっていて、あの展示室《てんじしつ》じゃあぶないって思《おも》ってもらいたかった」

追《お》いつめるように翔太《しょうた》くんが、身《み》をのりだす。

「船長室《せんちょうしつ》で『睡蓮《すいれん》』を保管《ほかん》してもらうよう、頼《たの》んだのはシキさんなんだって？　――それが、本《ほん》当《とう》の目的《もくてき》だったんだ」

「船長室《せんちょうしつ》でシキさんは、肩《かた》があたったからって理由《りゆう》で、赤《あか》いおうちの絵《え》を壁《かべ》からはずした。そのあとスキを見《み》て、ニセモノとすりかえたんじゃないのかな」

わたしは、シキさんの押《お》している台車《だいしゃ》を見《み》つめた。

「そして箱《はこ》に入《い》れて持《も》ちだした。あとは冷蔵室《れいぞうしつ》に入《い》れておいて、船《ふね》をおりるときに、いっしょに持《も》ちだせばいい」

まっすぐに、キヨくんがシキさんを見《み》つめた。

「あんたがステラじゃないって言《い》うなら、右腕《みぎうで》を見《み》せてくれよ。昨日《きのう》、倉庫《そうこ》でケガをしたよな」

シキさんがまゆを寄《よ》せた。ふと目《め》を伏《ふ》せて、その口《くち》もとをつりあげる。

「――正直《しょうじき》、ここまでとは思《おも》ってなかったよ」

顔《かお》も見《み》た目《め》もシキさんなのに……ぜんぜん、雰囲気《ふんいき》がちがう。

うっすらと笑《わら》った口《くち》もと、広《ひろ》げた両手《りょうて》。

でも昨日《きのう》とはちがって、目《め》は油断《ゆだん》なくこちらを見《み》つめている。

翔太《しょうた》くんが、ぐっと気圧《けお》されたようにつぶやいた。

「……怪盗《かいとう》、ステラ」

シキさん……ううん、ステラは、ふいに台車《だいしゃ》ごと、ガンっと段《だん》ボール箱《ばこ》を蹴《け》りあげた。

「うわっ！」

お花《はな》が廊下中《ろうかじゅう》に舞《ま》いちる！

そのなかをステラがかけぬけていくのがわかった。手《て》にはいつのまにか、小《ちい》さな絵《え》の額縁《がくぶち》をかかえている。

「待《ま》て！」

そばの非常口《ひじょうぐち》に飛《と》びこんだステラを、翔太《しょうた》くんが追《お》った。

鉄《てつ》の階段《かいだん》を、ガンガンと足音《あしおと》を立《た》ててかけあがっていく！

「このさきって、どこに続《つづ》いてる、の……っ」

階段《かいだん》を半分《はんぶん》ぐらいまでのぼったところで、わたしは、ぜえぜえと息《いき》を荒《あら》くしながら言《い》った。キヨくんが、汗《あせ》を拭《ぬぐ》う。

「たぶん……船尾《せんび》の甲板《かんぱん》だ」

はっと顔《かお》を見合《みあ》わせたのは、わたしとクロトくんだ。

そこは昨日《きのう》、クロトくんがわたしに絵《え》をくれた場所《ばしょ》だったから。

バンっとドアをあけると、そこはやっぱり船上庭園《せんじょうていえん》だった。パーティのためにカギがあいてたんだ。準備《じゅんび》は終《お》わって、今《いま》はだれもいない。

ゆらゆらと夕日《ゆうひ》の迫《せま》る海《うみ》が、オレンジ色《いろ》に色《いろ》づいている。

噴水《ふんすい》から水《みず》の雫《しずく》がキラキラと、砕《くだ》けた宝石《ほうせき》みたいに舞《ま》いちっていた。

幻想的《げんそうてき》な雰囲気《ふんいき》のなかで、翔太《しょうた》くんとステラが、まっすぐにむきあっている。

翔太《しょうた》くんは言《い》った。

「どうしてその絵《え》をねらったんだ……予告状《よこくじょう》で、ウソをついたのか」

ステラが、小《ちい》さく首《くび》をかしげた。

「ぼくはちゃんと、予告状《よこくじょう》に書《か》いたはずだ――『モネ』をいただきます、って」

あ……そういえば、そうだ。

この船《ふね》のなかにある、一番価値《いちばんかち》のある『モネ』は『睡蓮《すいれん》』だ。だからわたしたちは、ステラが、それをねらってると思《おも》ったんだよね。

クロトくんが、小《ちい》さくため息《いき》をついた。

「ああ、きみはウソをついていない。だって——その絵《え》も『モネ』だから」

一瞬《いっしゅん》、間《ま》があいて。

「……え、えええっ!?」

わたしたちの叫《さけ》び声《ごえ》が、海《うみ》の上《うえ》にひびきわたった。

キヨくんが、さすがにおどろいた、って感《かん》じで目《め》を見開《みひら》いている。

「船長《せんちょう》さんは、フランスの蚤《のみ》の市《いち》で買《か》ったって言《い》ってたぞ……十ユーロで」

「うん。船長《せんちょう》さんも気《き》づいてなかったと思《おも》うよ。でも最初《さいしょ》に廊下《ろうか》の写真《しゃしん》で、その絵《え》を見《み》たとき、そうじゃないかって思《おも》ってた」

だからクロトくん、あのとき写真《しゃしん》の絵《え》を見《み》て、首《くび》をかしげてたんだ!

「絵《え》にはサインもないから、断定《だんてい》はできない。でもぼくはその色《いろ》も筆遣《ふでづか》いも、モネだと思《おも》う。……」

ステラもそう思《おも》ったから、その絵《え》をねらったんだ」

ニっと笑《わら》ったのは、ステラだった。

「さすがだ。ホントいい目《め》をしてる」

ステラが、その絵《え》をばっと空《そら》にかざした。

「モネは、いまだに未発表《みはっぴょう》の作品《さくひん》が見《み》つかってるんだよ」

じゃあ、やっぱりこれも、その一枚《まい》ってこと⁉

翔太《しょうた》くんが、おののいたみたいに、その絵《え》を見《み》つめた。

「まさか……『睡蓮《すいれん》』より高《たか》いのか？」

ステラはあっさり言《い》った。

「それはないよ。この絵《え》は小《ちい》さいし、日焼《ひや》けして状態《じょうたい》も悪《わる》い。モネだって証明《しょうめい》もできないかもしれない。悪《わる》くすると値《ね》がつかないいんじゃない？」

だったら、なおさら不思議《ふしぎ》だった。

だってステラは、何十億《なんじゅうおく》するっていう『睡蓮《すいれん》』を利用《りよう》して、その絵《え》を手《て》に入《い》れようとした。

わたしたちの困惑《こんわく》した視線《しせん》を、感《かん》じたんだと思《おも》う。

ステラはすこしためらって。そうして言《い》ったんだ。

「すこし前《まえ》にこの船《ふね》にのったとき、見《み》つけたんだ。……どうしてもほしいと思《おも》った」

ステラが、手《て》に入《い》れたいものがあるって言《い》った、あのときの目《め》だ。

さびしそうで、かなしそうで。

でも……揺《ゆ》るがない、強《つよ》い決意《けつい》がある。

「……ぼくにとって、これはどんな絵《え》よりも、価値《かち》がある。だから、かえせないかな」

ぶわっと、強《つよ》い風《かぜ》が吹《ふ》いた。

これがステラの本心《ほんしん》だって、そう思《おも》ったから。わたしは思《おも》わず言《い》った。

「きっと……あなたにも、ゆずれないなにかがあるんだって思《おも》うよ。でも盗《ぬす》むのは、ぜったいにだめだよ。だから――わたしたちはあなたをつかまえる」

ステラが、ふいに、きゅうと目《め》を細《ほそ》めた。

顔《かお》はシキさんなのに――瞳《ひとみ》だけが、あの淡《あわ》い不思議《ふしぎ》な色《いろ》を帯《お》びる。

にらみあって、火花《ひばな》が散《ち》るような一瞬《いっしゅん》。

ダンっと、翔太《しょうた》くんが床《ゆか》を蹴《け》った。ステラにとびかかる！

それをステラは、ひらっとよけた。

そばに立《た》ててあったフラワースタンドを、こっちにむかって蹴《け》りとばす！

わっ！

夕焼《ゆうや》けの空《そら》に、お花《はな》が舞《ま》いあがって――。

とんっ、と肩《かた》を押《お》されて、わたしはぶわっと風《かぜ》にあおられた。

わ……わわっ！

柵《さく》にぶつかって、このままじゃ、落《お》ちちゃう——っ！

「ゆずっ！」

力強《ちからづよ》い手《て》が、わたしの腕《うで》をつかんだ。ひき寄《よ》せて受《う》けとめてくれたのは、翔太《しょうた》くんだ。

そのまま、ふたりいっしょに床《ゆか》にたおれこんだ。

お、落《お》ちるかと思《おも》った……っ！

「あぶねえだろ！」

「だいじょうぶだよ。きみなら間《ま》に合《あ》うと思《おも》ってた」

そのスキに、ステラは、柵《さく》のむこう側《がわ》にすたんって降《お》りたったんだ。

こっちをむいて、にこっと笑《わら》う。

「やっぱり、きみたちと遊《あそ》ぶのは楽《たの》しい。でも一番《いちばん》はきみだ——ゆずちゃん」

……わたし？

ステラの目《め》が、じっとこちらをのぞきこんでいるような気《き》がした。

「ねえ、ゆずちゃんさあ——そっち捨《す》てて、ぼくと組《く》まない？」

「へ……？」

組《く》む、って……。

「その力《ちから》、ぼくといっしょにうまく使《つか》えば、世界中《せかいじゅう》のどんなものでも手《て》に入《はい》るよ」

それに、とステラがいたずらっぽく笑《わら》った。

「ゆずちゃんといっしょだと……うん、すごく楽《たの》しそうだ」

目《め》の前《まえ》に、手《て》が差《さ》しだされる。

ステラの背中《せなか》で、炎《ほのお》が燃《も》えるみたいに、夕日《ゆうひ》が赤々《あかあか》と空《そら》を彩《いろど》っている。

その姿《すがた》にひきつけられるみたいに、目《め》がはなせない。

ぐっと抱《だ》きしめられて、はっとした。

「——だめだ」

翔太《しょうた》くんだ。

肩《かた》にまわった手《て》に、痛《いた》いくらい力《ちから》がこもっている。

わたしを行《い》かせないって、そう言《い》うみたいに。

「ゆずはそっちには行《い》かない。——ゆずは、おれたちのだ」

どく、どく、と鼓動《こどう》が聞《き》こえる。

わたしと翔太《しょうた》くんの前《まえ》に、レオくんとキヨくん、クロトくんがかけこんできた。

まるでステラから、守《まも》ってくれるみたいに。

その背《せ》を見上《みあ》げて思《おも》ったんだ。

わたしがこの力《ちから》を使《つか》うのは、翔太《しょうた》くんやキヨくん、クロトくん、レオくんの、役《やく》に立《た》ちたいからだよ。

わたしが仲間《なかま》だって言《い》いたいのは。

EYE―S《アイズ》のみんなだからだ。

「……行《い》かない。わたしは……みんなの仲間《なかま》だから」

背中《せなか》で、翔太《しょうた》くんが、ほっと安心《あんしん》したように息《いき》をついたのがわかったんだ。

ステラが、あっさりと笑《わら》った。

「ま、そうだよね。気《き》がむいたらいつでも」

ひらひらと手《て》をふる。

そうして、ああ、となにかを思《おも》いだしたみたいに、こちらをふりかえった。

「忠告《ちゅうこく》しておいてあげる。気《き》をつけたほうがいいよ」

ステラは、このさき、ぜんぶを見透《みす》かすみたいに言《い》ったんだ。

「その力《ちから》はいいことのためにも――悪《わる》いことのためにも、使《つか》えるから」

その瞬間《しゅんかん》、ステラはぱっと空《そら》に身《み》を躍《おど》らせた。

翔太《しょうた》くんが立《た》ちあがって、柵《さく》にとびかかった！

「あっ、待《ま》て、逃《に》げんな！　うわっ！」

「あぶないっ！」

みんなで慌《あわ》てて、翔太《しょうた》くんにとびつく！

転《ころ》がり落《お》ちそうになった翔太《しょうた》くんを、甲板《かんぱん》にひっぱりあげて、慌《あわ》てて下《した》を見《み》る。

「従業員《じゅうぎょういん》デッキだ……」

キヨくんが、くやしそうにつぶやいた。

そこから、船倉《せんそう》や船員《せんいん》さんたちのエリアまでは、すぐだ。

今《いま》から追《お》いかけたって、ぜったいに見《み》つからない。クロトくんが言《い》った。

「ステラには、傷《きず》がある。全員《ぜんいん》を調《しら》べれば……」

「この船《ふね》は従業員《じゅうぎょういん》だけで千人以上《せんにんいじょう》。調《しら》べてるあいだに、別《べつ》のだれかに変装《へんそう》される」

キヨくんの言葉《ことば》に、わたしたちは、がくっと肩《かた》を落《お》とした。

翔太《しょうた》くんが、空《そら》を仰《あお》いだ。

「くそ、『睡蓮《すいれん》』は守《まも》れたのに……けっきょく、ステラの思《おも》うまま、って感《かん》じだな」

「また踊《おど》らされたなあ」

レオくんがくやしそうにつぶやく。そしてふと顔《かお》をあげた。

「そういえば、ステラがこれまで盗《ぬす》んだもの、調《しら》べてもらったんだよ」

スマートフォンをひっぱりだした。

「ハッピー・ファンタジーパークの銅像《どうぞう》だろ、それから今回《こんかい》のモネの絵《え》。世界《せかい》で一冊《いっさつ》しかない、幻《まぼろし》の絵本《えほん》。パリコレで使《つか》われた、ブランドのぬいぐるみには、七億円《おくえん》の宝石《ほうせき》がついてた」

それから、とレオくんが、ほかにも、あれこれとあげてくれる。

うーん、価値《かち》があるものも、そうじゃないものも、バラバラ、って感《かん》じだ。

キヨくんが腕《うで》を組《く》んだ。

「……絵本《えほん》とぬいぐるみ、あと銅像《どうぞう》は、子《こ》どもが喜《よろこ》びそうなもの、って感《かん》じはするよな」

ステラは年齢《ねんれい》もわからないんだけど、小《ちい》さな子《こ》どもじゃないって気《き》がする。

わたしはぽつりと言《い》った。

「だれかのために、怪盗《かいとう》をしてるのかな……」

その人《ひと》のことを思《おも》うとき、あのさびしくて、かなしそうな目《め》をするのかな。

翔太《しょうた》くんが、ばっと大《だい》の字《じ》に寝転《ねころ》がった。

「あー、わかんねえ。逃《に》がしたし、くやしいし！　次《つぎ》は、ぜったい負《ま》けねえ！」

わたしたちも後《うし》ろに手《て》をついて、空《そら》を見上《みあ》げる。

一番星《いちばんぼし》がキラキラと輝《かがや》いている。空《そら》は夕暮《ゆうぐ》れを終《お》えて、夜《よる》が迫《せま》っている。

もうすぐ、パーティの時間《じかん》だ。

「――なあ、ゆず」

翔太《しょうた》くんが、じっとこっちを見《み》つめていた。

「……ゆずは、おれたちの仲間《なかま》だよな。どこにも行《い》かねえよな」

なんだか不安《ふあん》そうに見《み》えて、わたしはふふっと笑《わら》ってしまった。

ステラに勧誘《かんゆう》されたから、心配《しんぱい》してくれてるんだ。

「だいじょうぶ。どこにも行《い》かないよ」

わたしは、ＥＹＥ《アイ》―Ｓ《ズ》の仲間《なかま》だから。

# 13 パーティと、好《す》きって気《き》持《も》ち

大変《たいへん》なことがあったけど、パーティは無事《ぶじ》、開催《かいさい》されることになった！

わたしは、紫乃《しの》さんにピンク色《いろ》のドレスを借《か》りたんだ。

あちこちにキラキラのビーズが縫《ぬ》いつけられてて、すっごくかわいいけど……ちょっと、落《お》ちつかない。これって、本物《ほんもの》の宝石《ほうせき》……とかじゃないよね⁉

まずは展示室《てんじしつ》で、フラワーアートとモネの展示《てんじ》を楽《たの》しむ。

そのあと、船尾《せんび》の、船上庭園《せんじょうていえん》に案内《あんない》されたんだ。

キラキラと降《ふ》りそそぐような星空《ほしぞら》の下《した》で、紫乃《しの》さんが言《い》った。

「『睡蓮《すいれん》』は無事《ぶじ》だったけど、船長室《せんちょうしつ》の絵《え》はうばわれちゃったわね」

「……うん」

紫乃《しの》さんたちには、ステラが逃《に》げたあと、ちゃんと事件《じけん》の説明《せつめい》をしたんだ。

船長室《せんちょうしつ》から、ステラがなにかを盗《ぬす》んだときに残《のこ》す星《ほし》のマークが、ちゃんと見《み》つかった。でも船《せん》長《ちょう》さんは、あんまり重大《じゅうだい》だって思《おも》ってないみたい。

わたしはため息《いき》をついた。

「あの絵《え》が本当《ほんとう》は、モネの作品《さくひん》だってこと、船長《せんちょう》さん、信《しん》じてくれなかったね」

本物《ほんもの》はもうステラに持《も》っていかれちゃったから、証明《しょうめい》もできないもんね。

けっきょく『睡蓮《すいれん》』が無事《ぶじ》だったから、一件落着《いっけんらくちゃく》って感《かん》じになっちゃったんだ。

うーん、ちょっとモヤっとする。

そのときだ。紫乃《しの》さんが、ぱっと顔《かお》をあげた。

「始《はじ》まるわ！」

ぱあっとライトが輝《かがや》いた。

波《なみ》の音《おと》にまじって、風《かぜ》が吹《ふ》くみたいにさわやかな、ヴァイオリンの音色《ねいろ》が聞《き》こえた。

イオリさんだ。

お庭《にわ》の真《ま》ん中《なか》で、タキシードを着《き》たイオリさんが、ヴァイオリンを弾《ひ》いている。

そのとなりで――キヨくんが、大《おお》きく息《いき》をすった。

「――Freude《フロイデ》, schöner《シュエーネル》 Götterfunken《ゲッテルフンケン》, Tochter《トフタル》 aus《アオス》 Elysium《エリュイジウム》……」

展示室《てんじしつ》で歌《うた》ってくれた、『歓喜《かんき》の歌《うた》』だ。

星《ほし》の輝《かがや》く空《そら》に、天使《てんし》の歌声《うたごえ》が、高《たか》く、高《たか》くひびいていく――――！

歌《うた》が終《お》わって、われんばかりの拍手《はくしゅ》のなか。

キヨくんとイオリさんは、顔《かお》を見合《みあ》わせてこっちに歩《ある》いてきた。

「紫乃《しの》ちゃん、どうだった、ぼくのヴァイオリン！」

「……まあ、ほめてあげてもいいわ」

紫乃《しの》さんが腕《うで》を組《く》んで、ついっとよそをむく。

でもそのくちびるはむずむずと今《いま》にもほころびそうで、瞳《ひとみ》はキラキラ輝《かがや》いていて。

紫乃《しの》さんって、案外《あんがい》イオリさんのこと……。

ううん、気《き》のせいかもしれないもんね。

そのとなりで、キヨくんが顔《かお》をそむけたから、わたしはとっさに、その腕《うで》をつかんだ。

「待《ま》って」

おどろいたように、キヨくんがこっちをむく。

「歌《うた》、すごかった。天使《てんし》みたいで最高《さいこう》だった！」

ほんのちょっとだけ、目《め》をまるくして。それから、うつむいて「そっか」とつぶやいた。

そして小《ちい》さな声《こえ》で、言《い》ってくれたんだ。

「……ありがとう」

キヨくんは、ぱっとイオリさんのほうに行《い》ってしまった。

まだ、距離《きょり》があるような気《き》がするけど。

でもさっきのキヨくんが、ほんのちょっとだけ、ほほえんでいたような気《き》がするから。

このまま、またいつもの仲間《なかま》みたいな関係《かんけい》にもどれたらいいって。そう思《おも》うんだ。

「——あ、いたいた」

ふりかえると、レオくんとユキくん、翔太《しょうた》くんがこっちに歩《ある》いてくるところだった。

……レオくんは芸能人《げいのうじん》だし、翔太《しょうた》くんもユキくんもすごくカッコいいから、まわりにぞろぞろって女《おんな》の子《こ》がついてくる。ちょっとこわい……。

「あっ」

かけよってきた女《おんな》の子《こ》にぶつかられて、ユキくんが体勢《たいせい》をくずした。

「あの、ごめんなさい！」

「気《き》にしないで」

ニコニコ笑《わら》ったユキくんは、ぶつかった右腕《みぎうで》を、しばらく押《お》さえてる。

人気《ひとけ》のないところで輪《わ》になると、ユキくんが言《い》ったんだ。

「大変《たいへん》だったんだね、ステラとの対決《たいけつ》。翔太《しょうた》くんに聞《き》いたよ」

「そうなんだよ。おれなんか、海《うみ》に落《お》ちるかと思《おも》ったんだぜ」

翔太《しょうた》くんが言《い》ったあとに、レオくんがわたしたちを見《み》まわした。

「シキさんのこと、クロトに聞《き》いたんだ。本物《ほんもの》のシキさんは、今南極《いまなんきょく》にいるんだってさ」

「南極《なんきょく》!?」

シキさんってフラワーアーティストだよね。なんで、南極《なんきょく》!?

「南極《なんきょく》に咲《さ》く花《はな》をさがしてるんだって、すごいよねえ」

ユキくんの言葉《ことば》に、わたしは思《おも》わずへえ、とつぶやいた。

「……南極《なんきょく》に、花《はな》って咲《さ》くんだ」

キヨくんが続《つづ》けた。

「だから連絡《れんらく》が取《と》りにくくて、ステラと入《い》れ替《か》わっているのに気《き》づかなかったんだ」

ステラは船《ふね》にのる前《まえ》から、シキさんに変装《へんそう》してたんだもんね。

レオくんが不思議《ふしぎ》だよな、とつぶやく。

「そこまでしてステラが手《て》に入《い》れたのは、本物《ほんもの》かどうかわからない、モネの絵《え》が一枚《まい》。何十億《なんじゅうおく》って『睡蓮《すいれん》』を利用《りよう》してまで……どうしてなんだろうな」

わたしはそのとき、思《おも》いだしたんだ。

「そういえばユキくんも、あの絵《え》に見覚《みおぼ》えがあるって、言《い》ってなかった？」

「うん。あの絵《え》の景色《けしき》、たぶんフランスのジヴェルニーだと思《おも》う」

「モネが住《す》んでいた村《むら》ね」

紫乃《しの》さんがつけくわえた。ユキくんが、懐《なつ》かしそうに言《い》った。

「小《ちい》さいころ、ぼくもあの村《むら》に住《す》んでたんだよ」

「フランスに住《す》んでたの!?」

そう問《と》うと、ユキくんはちょっとだけ笑《わら》った。

「すこしだけね。妹《いもうと》が体《からだ》が弱《よわ》くて、療養《りょうよう》ってことでさ。フランスは古《ふる》い建物《たてもの》がたくさん残《のこ》ってい
て……モネの描《か》いた、あの家《いえ》も近《ちか》くにあったんだよ」

ユキくんって妹《いもうと》がいたんだ。キヨくんが聞《き》いた。

「この船《ふね》にも、のってるのか？」

「……のってないよ」

ふい、と視線《しせん》をそらしたユキくんの目《め》に、わたしはどきりとした。

あの目《め》だ。ステラとおなじ、さびしそうで、かなしそうで……。

そういえば、ユキくんは、どうしてこの船《ふね》にのってるんだろう。

お父《とう》さんとお母《かあ》さんは、パーティにも来《き》てないし、一度《いちど》も見《み》てないよ。

さっき女《おんな》の子《こ》とぶつかったとき。右腕《みぎうで》を押《お》さえてた。

ステラも昨日《きのう》……右腕《みぎうで》をケガしたよね。

ユキくんの時々《ときどき》見《み》せる、怪《あや》しくてドキッとする雰囲気《ふんいき》が……ステラに似《に》ているって思《おも》ったことがある。

わたしは、ぶんぶんって首《くび》を横《よこ》にふった。

そんなわけない。偶然《ぐうぜん》だし、こんなのこじつけだよ。

ユキくんがステラなんてこと――あるわけないんだ。


お庭《にわ》のはしで、わっと歓声《かんせい》があがった。クロトくんと、ノアさんだ！

「――ごめん、写真《しゃしん》とかインタビューとかいろいろあって、遅《おそ》くなった」

でもしっかり片手《かたて》に、モネイメージのクレープを持《も》ってるところが、クロトくんだ。

ノアさんは、『睡蓮《すいれん》』みたいな、さわやかな青《あお》いパンツスーツ姿《すがた》だった。

ポニーテールにすっごくよく似合《にあ》っていて、カッコいいなあ。

ノアさんはわたしたちをぐるっと見《み》まわして、そうして、静《しず》かに頭《あたま》をさげた。

「ごめんね。……きみたちのこと、クロトの仲間《なかま》じゃないって、言《い》ったりして」

それから、と顔《かお》をあげて続《つづ》ける。

「『睡蓮《すいれん》』を守《まも》ってくれて、ありがとう」

「気《き》にしてねえっすよ」

翔太《しょうた》くんが、ぐっと手《て》をにぎりしめる。

「ノアさんだって、クロトのこと守《まも》りたかったんだし。ならノアさんもおれらの仲間《なかま》です」

うれしそうに笑《わら》ったノアさんが、ぱっと手《て》をふった。

「じゃああたし、展示室《てんじしつ》にもどるね」

ひまわりみたいに輝《かがや》く笑顔《えがお》と、ぱちっと目《め》が合《あ》う。

ふいに切《せつ》なく揺《ゆ》れたその瞳《ひとみ》の奥《おく》に、ノアさんの心《こころ》がかくされている。……でもそれは、わたし
と、ノアさんだけのひみつなんだ。

クロトくんが、わたしを呼《よ》んだ。

「――ゆずちゃん」

ぎくっ。

顔《かお》をあげる。クロトくんがじっとこっちを見《み》つめていて……。

昨日《きのう》の夜《よる》、クロトくんに差《さ》しだされた手《て》のあったかさだとか、瞳《ひとみ》の奥《おく》に揺《ゆ》れる炎《ほのお》だとかが、いっきにあふれて、顔《かお》が熱《あつ》くなる。

キヨくんが、ぱちりとまばたきをした。

「どうした、ゆず」

「あ、えっと……その」

「ゆずちゃんに、絵《え》をわたしたんだ」

静《しず》かに、クロトくんが言《い》った。

「ぼくの気持《きも》ちは、そこにぜんぶこめてる。……芸術家《げいじゅつか》としてね」

わたしの真《ま》っ赤《か》になった顔《かお》と、跳《と》びあがりそうなほど喜《よろこ》んでいる紫乃《しの》さんを見《み》て、キヨくんとレオくんが、息《いき》をのんだ。

なんだかすっごくはずかしくて、逃《に》げるみたいに、一歩《いっぽ》あとずさる。

がしっと、クロトくんがわたしの腕《うで》をつかんだ。

にこっと笑《わら》うその瞳《ひとみ》の奥《おく》に、ちらちらと情熱《じょうねつ》の炎《ほのお》が燃《も》えている。

「急《いそ》がなくていいよ、ゆずちゃん。でもずっと考《かんが》えてよ、ぼくのこと――そうやってぼくを見《み》て、ドキドキするゆずちゃんが、すごくかわいいから」

わ、ああっ！

やっぱり、紫乃《しの》さんの言《い》ったとおりだ。

クロトくんの手《て》のひらの上《うえ》で転《ころ》がされてる……気《き》がする！

うぅ、こんな気持《きも》ちで、どうやって新学期《しんがっき》を迎《むか》えたらいいの⁉

だれか、教《おし》えてー！

ざぁ、と波《なみ》の音《おと》が、星《ほし》の散《ち》る夜空《よぞら》にひびく。

わたしは熱《あつ》くなった顔《かお》をぱたぱたと手《て》であおいでさましながら、逃《に》げるみたいにお庭《にわ》のはしっこ、海《うみ》の見《み》える柵《さく》の前《まえ》にやってきた。

キヨくんは黙《だま》りこんじゃうし、レオくんは、クロトくんとバチバチ見《み》つめあってるし。

わたしは、きっと顔真《かおま》っ赤《か》だし！

ちょっと落《お》ちつきたいんだよね。

あれ、柵《さく》の前《まえ》でぼんやりしてるのって……。

「……翔太《しょうた》くん？」

柵《さく》に腕《うで》をのせて、ぼんやり水平線《すいへいせん》をながめていたのは、翔太《しょうた》くんだった。

「あれ、ゆず。いいのか、クロトの告白《こくはく》」

ぶわっと顔《かお》に熱《ねつ》がのぼる。

「こ、告白《こくはく》じゃないよ！　……好《す》きって言《い》われてないし。それに、冗談《じょうだん》かもしれないし」

「そんなわけねえよ」

こっちをむいて、柵《さく》にもたれるように、翔太《しょうた》くんは空《そら》を見上《みあ》げた。

「クロトが、自分《じぶん》の作品《さくひん》でウソつくわけねえし、冗談《じょうだん》なんかで絵《え》をわたさねえよ。ゆずだって、わかってるだろ」

星《ほし》が降《ふ》るみたいな夜空《よぞら》に、ほろりと翔太《しょうた》くんの笑《え》みがこぼれた。

うん、わかってる。

だからこんなにとまどって、ドキドキして……。

「みんないろいろ、考《かんが》えてる——一番《いちばん》、子《こ》どもなのはおれかな」

じっとわたしを見《み》つめる瞳《ひとみ》は、なんだか透《す》きとおっていて。

その顔《かお》がふいに、すごく大人《おとな》っぽく見《み》えたんだ。

「ゆずはさ、だれかを好《す》きになるってこと、わかる？」

「わからないよ、むずかしい」

だよなあ、と困《こま》ったように言《い》う。

「おれもさ、ぜんぜんわかんなくて、サッカーが一番《ばん》だって思《おも》ってた」

でもそのときは、いろんな人《ひと》に告白《こくはく》されたことがある。

翔太《しょうた》くんは、サッカーのことしか今《いま》は考《かんが》えられないって、断《ことわ》ったんだよね。

「今《いま》だっておれサッカーが好《す》きだしさ。でも……」

ざあっと、強《つよ》い風《かぜ》が吹《ふ》いた。髪《かみ》が吹《ふ》きちらされる。

「あっ」

よろっとよろめいたわたしの腕《うで》を、翔太《しょうた》くんが支《ささ》えてくれた。

「だいじょうぶか？」

「うん、ありがとう」

翔太《しょうた》くんはぐっとわたしの手《て》を握《にぎ》ったまま。

「ゆずをステラに取《と》られるかもしれないって思《おも》ったとき、ぜったいにいやだって思《おも》った」

白《しろ》い波《なみ》が、船《ふね》のライトにキラキラ輝《かがや》いている。

「ゆずは、おれたちの……」

そうして、どこか困《こま》ったように言《い》った。

「おれのだって、そう思《おも》った」

翔太《しょうた》くんがどこか不安《ふあん》そうに、燃《も》える瞳《ひとみ》でわたしを見《み》つめていた。

「これってなんなんだろうな」

どくっと鼓動《こどう》が跳《は》ねる。

「ごめん、忘《わす》れてくれよ。おれも、……よくわかんねえんだ」

ふいっと背《せ》をむけて、走《はし》っていってしまう。

顔《かお》が熱《あつ》い……どうしてこんな、ドキドキするの!?

わたしは、混乱《こんらん》しながら、走《はし》っていく翔太《しょうた》くんの背《せ》をただただ見《み》つめていたんだ。

# あとがき

こんにちは、相川真《あいかわしん》です！

EYE《アイズ》―Sもとうとう二〇巻《かん》となりました。

ゆずと仲間《なかま》たちのお話《はなし》を、こんなにたくさん書《か》くことができたのは、いつも読《よ》んでくれているみんなのおかげです。

ほんとうに、ありがとうございます！

さて、今回《こんかい》は豪華客船《ごうかきゃくせん》！　のお話《はなし》です。

じつはこの話《はなし》を書《か》くために、豪華客船《ごうかきゃくせん》を見《み》に行《い》きました。

行《い》ったのは、いま住《す》んでいる京都《きょうと》から一時間《じかん》ぐらいの、神戸《こうべ》の港《みなと》です。

海風《うみかぜ》と一緒《いっしょ》に、巨大《きょだい》な港《みなと》に入《はい》ってくる荘厳《そうごん》なすがたも、はしからはしまで見《み》わたせないぐらいの、ビルみたいな船《ふね》そのものも、もうものすごくカッコよかったです！

出航《しゅっこう》セレモニーも豪華《ごうか》で、感動的《かんどうてき》で、船《ふね》にのる人《ひと》も、見送《みおく》る人《ひと》にも、きっといろんな物語《ものがたり》があるんだろうなあと思《おも》いました。

いつか、こういう船《ふね》にのって、世界一周《せかいいっしゅう》してみたいなあって思《おも》います！

そして、今回《こんかい》はモネの絵《え》もでてきました。

わたしもモネが大好《だいす》きで、フランスのオランジュリー美術館《びじゅつかん》で、大《おお》きな『睡蓮《すいれん》』を見《み》たことがあります。

あまりにきれいで、とても感動《かんどう》しました！

そのとき買《か》った細長《ほそなが》いポストカードは、いまでもお部屋《へや》に飾《かざ》っています。

物語《ものがたり》も進《すす》んできて、ゆずや仲間《なかま》たちの想《おも》いも加速《かそく》してきて、これからどうなっていくのか、ぜひ楽《たの》しみに待《ま》っていてください。

では、またお会《あ》いできますように。

ありがとうございます！

相川《あいかわ》　真《しん》

※相川真先生《あいかわしんせんせい》へのお手紙《てがみ》はこちらにおくってください。
〒101―8050　東京都千代田区一ツ橋《とうきょうとちよだくひとつばし》2―5―10　集英社《しゅうえいしゃ》みらい文庫編集部《ぶんこへんしゅうぶ》　相川真先生係《あいかわしんせんせいがかり》

チーム EYE-S《アイズ》の
事件《じけん》ノート
祝《しゅく》
第《だい》20弾《だん》!!!
記《き》念《ねん》すべき 第《だい》20弾《だん》！
さらに舞《ぶ》台《たい》は 豪《ごう》華《か》客《きゃく》船《せん》という
スペシャル感《かん》でいっぱいの一冊《さつ》♢
絵《かい》画《が》に お花《はな》に、文《も》字《じ》通《どお》り
華《はな》やかな シーン 満載《さい》で
読《よ》む📖のも 描《か》く✏のも
わくわくする 場《ば》面《めん》ばかりでした！
これからも、
チームEYE-S《アイズ》のみんなの活《かつ》躍《やく》を
楽《たの》しみにしています！♡
イラスト担《たん》当《とう》させていただきました！
立《たち》樹《こ》まや
VEGA

集英社みらい文庫

# 青星学園《せいせいがくえん》★
# チームEYE-S《アイズ》の事件《じけん》ノート

## ～豪華客船《ごうかきゃくせん》で怪盗《かいとう》ステラと対決《たいけつ》!? クロトの恋《こい》と幻《まぼろし》の名画《めいが》～

相川《あいかわ》 真《しん》 作
立樹《たちき》まや 絵

ファンレターのあて先
〒101-8050 東京都千代田区一ツ橋2-5-10 集英社みらい文庫編集部
いただいたお便りは編集部から先生におわたしいたします。

2024年9月30日 第1刷発行

発行者 今井孝昭
発行所 株式会社 集英社
〒101-8050 東京都千代田区一ツ橋2-5-10
電話 編集部 03-3230-6246
読者係 03-3230-6080
販売部 03-3230-6393(書店専用)
https://miraibunko.jp
装丁 +++ 野田由美子 中島由佳理
印刷 大日本印刷株式会社 TOPPAN株式会社
製本 大日本印刷株式会社
★この作品はフィクションです。実在の人物・団体・事件などにはいっさい関係ありません。
ISBN978-4-08-321870-5 C8293 N.D.C.913 186P 18cm

# 青星学園《せいせいがくえん》★チームEYE-S《アイズ》の事件《じけん》ノートシリーズ

胸《むね》キュン学園《がくえん》
なぞとき❤
ラブコメ！

相川《あいかわ》 真《しん》・作《さく》
立樹《たちき》まや・絵《え》

NEW《ニュー》!
第《だい》20弾《だん》

～豪華客船《ごうかきゃくせん》で怪盗《かいとう》ステラと対決《たいけつ》!?
クロトの恋《こい》と幻《まぼろし》の名画《めいが》～

第《だい》19弾《だん》

～危険《きけん》なサマーキャンプ！
キヨとゆずの三角《さんかく》ラブ～

第《だい》18弾《だん》

～怪盗《かいとう》ステラを追《お》え！
キヨの想《おも》いとニセモノ彼女《かのじょ》～

第《だい》17弾《だん》

～お姫《ひめ》さまは恋《こい》なんてしない!?
レオと約束《やくそく》のドレス～

スパイガール!
~ミッションは御曹司《おんぞうし》のボディーガード!?~
相川《あいかわ》真《しん》作《さく》　葛西《かさい》尚《なお》絵《え》
新時代《しんじだい》ヒロイン・スパイ・アクション!!
「女《おんな》の子《こ》だけど、私《わたし》が戦《たたか》う!私《わたし》が守《まも》る!!」
『チームアイズ』相川《あいかわ》真《しん》先生《せんせい》、最新作《さいしんさく》!

女《おんな》なら、守《まも》られとけよ
スパイは目立《めだ》つな
蓮《れん》夜《や》先《せん》輩《ぱい》
中《ちゅう》2。晴《はる》たちのスパイの先輩《せんぱい》。天使《てんし》みたいだけど、ドS《エス》。
奈《な》々《な》木《き》新《しん》
中《ちゅう》1。晴《はる》のバディ。いつも冷静《れいせい》で優秀《ゆうしゅう》なスパイ。
黒《くろ》宮《みや》コウガ
財閥《ざいばつ》の跡取《あとと》りで、成績優秀《せいせきゆうしゅう》、超《ちょう》イケメン。ひみつがある？
間《ま》広《ひろ》奏《かな》汰《た》
コウガの友《とも》だち。サッカー部《ぶ》で芸能人《げいのうじん》。
女《おんな》の子《こ》だけど…実《じつ》は最強《さいきょう》スパイだよ！
ダメっ子《こ》転《てん》校《こう》生《せい》は、実《じつ》は最強《さいきょう》スパイ!??御曹司《おんぞうし》のニセモノ彼女《かのじょ》として、学園《がくえん》に潜入《せんにゅう》!?
私《わたし》、中《ちゅう》1の雪乃晴《ゆきのはる》。ないしょだけど、実《じつ》は最強《さいきょう》スパイなの。バディの新《しん》くんと一緒《いっしょ》に、財閥《ざいばつ》の御曹司《おんぞうし》「黒宮《くろみや》コウガ」くんの護衛《ごえい》のために、私立《しりつ》春町学園《はるまちがくえん》に潜入《せんにゅう》するよ！
雪《ゆき》乃《の》晴《はる》
実《じつ》はスパイの中《ちゅう》1。コウガのニセモノ彼女《かのじょ》として学園《がくえん》に潜入《せんにゅう》！
第《だい》1弾《だん》
スパイガール！
～ミッションは御曹司《おんぞうし》のボディーガード!?～
大好評発売中《だいこうひょうはつばいちゅう》！
速報《そくほう》！第《だい》2弾《だん》は
2024年《ねん》11月《がつ》22日《にち》金《きん》発売《はつばい》！

## 「みらい文庫《ぶんこ》」読者《どくしゃ》のみなさんへ

言葉《ことば》を学《まな》ぶ、感性《かんせい》を磨《みが》く、創造力《そうぞうりょく》を育《はぐく》む……、読書《どくしょ》は「人間力《にんげんりょく》」を高《たか》めるために欠《か》かせません。
たった一枚《いちまい》のページをめくる向《む》こう側《がわ》に、未知《みち》の世界《せかい》、ドキドキのみらいが無限《むげん》に広《ひろ》がっている。
これこそが「本《ほん》」だけが持《も》っているパワーです。

学校《がっこう》の朝《あさ》の読書《どくしょ》に、休《やす》み時間《じかん》に、放課後《ほうかご》に……。いつでも、どこでも、すぐに続《つづ》きを読《よ》みたくなるような、魅力《みりょく》に溢《あふ》れる本《ほん》をたくさん揃《そろ》えていきたい。読書《どくしょ》がくれる、心《こころ》がきらきらしたり胸《むね》がきゅんとする瞬間《しゅんかん》を体験《たいけん》してほしい、楽《たの》しんでほしい。みらいの日本《にほん》、そして世界《せかい》を担《にな》うみなさんが、やがて大人《おとな》になった時《とき》、「読書《どくしょ》の魅力《みりょく》を初《はじ》めて知《し》った本《ほん》」「自分《じぶん》のおこづかいで初《はじ》めて買《か》った一冊《いっさつ》」と思《おも》い出《だ》してくれるような作品《さくひん》を一所懸命《いっしょけんめい》、大切《たいせつ》に創《つく》っていきたい。

そんないっぱいの想《おも》いを込《こ》めながら、作家《さっか》の先生方《せんせいがた》と一緒《いっしょ》に、私《わたし》たちは素敵《すてき》な本作《ほんづく》りを続《つづ》けていきます。「みらい文庫《ぶんこ》」は、無限《むげん》の宇宙《うちゅう》に浮《う》かぶ星《ほし》のように、夢《ゆめ》をたたえ輝《かがや》きながら、次々《つぎつぎ》と新《あたら》しく生《う》まれ続《つづ》けます。

本《ほん》を持《も》つ、その手《て》の中《なか》に、ドキドキするみらい――。

本《ほん》の宇宙《うちゅう》から、自分《じぶん》だけの健《すこ》やかな空想力《くうそうりょく》を育《そだ》て、〝みらいの星《ほし》〟をたくさん見《み》つけてください。

そして、大切《たいせつ》なこと、大切《たいせつ》な人《ひと》をきちんと守《まも》る、強《つよ》くて、やさしい大人《おとな》になってくれることを心《こころ》から願《ねが》っています。

２０１１年《ねん》　春《はる》

**集英社《しゅうえいしゃ》みらい文庫《ぶんこ》編集部《へんしゅうぶ》**